有風吹過廚房

食家飯 著

目次

自序

我的第一本書叫《半間灶披間》，有人會問，什麼叫灶披間啊？為什麼是半間啊？簡單地說就是合用的公共廚房，好一點的兩家合用，七、八家合用也是有的。從前，有獨用廚房是一件奢侈的事情。

小時候，我家的公共廚房一開始是兩家合用的。另一家是男主人燒飯，那位伯伯是廣東人，除了上海家常菜，還會做一種魚生粥——魚片切得薄薄的，貼在碗底，滾粥燙下去灼熟魚片，粥裡再放一點油條和胡椒粉，好好吃。最厲害的是，伯伯還會做一種糯米灌腸，將糯米、肉丁、香菇、干貝、臘肉、潤腸什麼的都灌入豬大腸裡，煮熟了的灌腸肥肥胖胖的，切成一片片厚片吃，那種好味道，後來我沒有在別的地方吃到過。

公用廚房其實挺大的，還連著一個天井陽臺，後來另一家鄰居的煤氣就安裝在了這個陽臺上。他們在這個陽臺搭建的廚房裡做辣子雞丁、粉蒸肉。背陰的灶台一角，還一直有一隻黑色的泡菜罈子。泡菜罈子打開的時候，鄰居們都能分到一小碟泡菜，我最喜歡的是捲心菜做的泡菜，然後是香萵筍。這對我來說是新奇美好的味道。這家的外婆是四川人，他們家的女主人是山東人，蒸的包子饅頭暄騰可愛。

還有一戶鄰居的煤氣灶就只好裝在走廊的一角了，幸好老公寓的走廊還很寬鬧，阿姨在一邊燒飯，小孩子還可以在一邊跑來跑去。這家是不太會做菜的人家，不過很好學，燒什麼菜都經常來請教我媽媽，也跟著我奶奶學做蔥油餅。我奶奶做蔥油餅，除了油酥，是不放生豬油的，放的是豬油渣。阿姨還和奶奶學做一種蘿蔔絲蝦米餡子的燙麵蒸餃，我奶奶祖籍天津。

所以你們看，雖然公用廚房有著諸多的不便，但對我來說卻是不錯的一件事，可以有機會吃到除了江浙以外更多的風味，給我留下很好的回憶，也是我最早的味覺啟蒙。

現在的家庭都會有一個獨立的廚房，我也有一個自己的廚房，廚房的水槽上方是一扇高高的窗戶，一年裡有將近九個月，窗外是滿滿的梧桐葉子，在不同的季節裡，變換不同的綠色。冬季，梧桐的葉子落了，陽光透過梧桐斑駁的枝丫不聲不響地照進廚房。

不再有鄰居你來我往，也沒有小孩子們的喧鬧。不過廚房是不會寂寞的地方。夏天熬一鍋酸梅湯，做做糟毛豆、鹽水花生，過年的時候一口氣做兩百隻蛋餃、兩百隻寧波湯糰，炸炸春捲，或者做一罐子魚鬆儲存起來，縱有多少疲累、多少心事，也都慢慢平復了。

廚房另一邊有一隻老古董折疊桌，攤開來可以讓兩個人舒舒服服地吃飯，也足夠鋪開攤子寫字，這本書裡的很多文章，就是在這張桌子上寫就的。這是我稱心如意的廚房。

有做家居雜誌的編輯喜歡我廚房的風格，想來拍一點照片。我說，那麼就按照它本來的樣子拍，不要擺設，也不要花，我的廚房沒有花，它有一扇窗，窗子裡有風景，有風吹過。

這也是我第二本書名字的來由。

第一章　最是尋常味

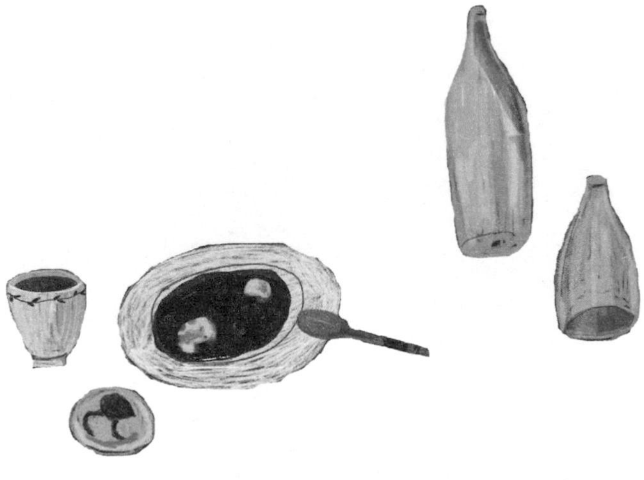

鹽水花生

喝茶不知配什麼茶食的時候，來一碟微鹹回甘的鹽水花生吧；酒酣耳熱，等著下一道菜的時候，來一碟有細細茴香味的鹽水花生吧；深夜靜寂，第一百遍看福爾摩斯和老好的愛葛莎，那兇手若隱若現呼之欲出的時候，來一碟風乾了的鹽水花生吧……總之，來一碟好吃的鹽水花生吧。

用肥大的東北新花生做鹽水花生最好，因其還未脱泥土稚嫩的清氣。將花生洗淨，不用去衣，加水、鹽和幾粒茴香，小火燜煮至入味。沒有任何廚藝的要求，調味簡單，星級大廚和十指不沾陽春水的嬌娘煮出來的鹽水花生並無二致。

和炒花生不一樣，鹽水花生那種乾脆、果斷的香，爆裂的、油潤潤的快感，是古今中外嗜酒者的愛物。品嘗鹽水花生，需要靈敏的、沒有被霸道的味道過度侵蝕的味覺。細細咀嚼，鹽水花生微弱的鹹味、不易察覺的澀、緩緩出現的回甘，才會一層層在舌尖上鋪陳開來。

金聖歎大概也是喜歡吃花生的吧，生命最後一程，還留下個千古謎案般的囑咐：花生米與五香豆腐乾同嚼有火腿味道。我猜這花生一定得是風乾了的鹽水花生，否則不會有類似肉類的韌勁口感。不過，鹽水花生已自足其美，何必一定要配著豆腐乾嚼出火腿味來。文人，吃得太刁鑽，這次未免又多此一舉了。

水蜜桃

盛夏的水果攤，嬌俏的蟠桃、燦燦的黃桃、美豔的油桃一堆堆地賣，被夏日驕陽烘得微微有些燙手。攤子深處陰涼的貨架上，整齊地碼放*著考究的禮盒，厚厚的襯墊上，一只只水蜜桃從裹著的雪白薄紙裡露出半張嬌慵的臉。

水蜜桃從來就是這個待遇。以前賣桃子的鄉下小販，最多挎一隻腰籃，唯獨水蜜桃，會被放在簇新的蒸饅頭的竹籠屜裡賣，疊上三、四層那樣挑著。水蜜桃是非常女性化的水果，像那些待字閨中好人家的女子，已經不再是小女孩了，但絲毫沒有恨嫁的幽怨，只暗暗地醞釀著可期待的甜蜜。她們疏疏落落地坐在籠屜裡，端然而從容地展示著每一個曲線、色澤完美的側面，弄得再挑剔的主婦也矜持了起來，不好意思隨意下手挑揀。

我吃過最好的水蜜桃叫無錫玉露水蜜桃，據說它是奉化水蜜桃一脈經改良的品種，無錫陽山所出為最佳，榮耀歸於無錫，也很應當。

我們在國畫中看到的桃子，嫩黃的，頂上一抹嫣紅，煞是好看。張大千當年為朋友畫壽桃賀其母親壽辰，因念其友孝心，特意多染了一些紅色，並說明多用的洋紅不另外收錢，這也是畫壇趣聞。一般人自然也覺得黃中透紅的桃子最好，而且越紅越好。而玉露水蜜桃卻沒有一絲紅色，顏色是如摩挲多年的舊玉，通體溫潤嬌嫩的淡黃色，淡得近乎白。至熟時刻，轉為淡淡有通透感的蜜色。只要掀開一點點桃子皮，汁水就湧出來。有人說，上佳的水蜜桃可用一根吸管吸盡桃汁，只餘桃核，這未免太過戲劇化。不過，玉露水蜜桃色如玉，汁如朝露甘美豐潤，名稱實在貼切。

檢驗正宗無錫玉露水蜜桃的兩個終極指標，是桃肉雖極為細膩，但卻含有一絲絲的纖維；附著在桃核上的果肉難以食淨，且吃過後一定會塞牙縫。好像一個接近完美的女子，也有個無傷大雅的小小壞脾氣。

陽曆八月中旬桃子當令，正逢家父生辰。平時家裡有什麼好吃好用的，向來都是父親先盡著婦孺家人，唯父親生日當天家宴尾聲，會上一大盤上好的無錫玉露水蜜桃壓軸。這時，父親不再推讓，在全家人的簇擁下，喜盈盈、心安理得地享用那只最大、最豐滿、最甜熟的玉露水蜜桃。父親極愛吃水蜜桃，他先聞一聞，眼神流露出讚美之情，用不輕不重的手法搓一下桃子的表皮，這樣，桃皮會變得比較容易剝下。輕輕一揭，甜香醇厚、蜜一般的汁水不停歇地順著父親的大手往下滴，濃郁的果香也噴薄而出。大家輕輕歡呼，歎這仙品般的果子，給了我慈愛的父親一年一度應得的酬償。

現在這樣的水蜜桃難覓了，雖然名字還是那個名字，但價再高、包裝得再矜貴也不中用。桃子的顏色也白，但白得孱薄，甚至有隱約的青色，有時候有一抹紅，好看是好看，卻是品種不純正的證據。湊近一聞，沒有醉人的果香，淡水汽，桃子皮極易剝離。糟糕的是桃肉無汁，可輕易離核，幾乎可以掰一塊下來當飯吃，而這口感也正如嚼了一口燒壞的陳米飯一般，自然也不會塞牙了，真讓人惆悵。

無論如何，我不想帶著對一種食物的懷戀和感傷結束這個故事，雖然所有再難重現的美好是那麼讓人深深懷戀和感傷。還是說一個與吃桃子有關的童年趣事吧。

小時候，我大概算個討人喜歡的小孩，鄰居都喜歡餵我吃各種好吃的。唯吃玉露水蜜桃，大家皆視為畏途，因為太多汁液，沾上衣服，留下一攤黃漬，要等桃子落市才有可能洗掉，非常討手腳（麻煩）。還是隔壁的彬阿姨想出法子，將小小的我脱個精光，放在一隻大澡盆裡，讓我捧著水蜜桃吃得一身桃汁，然後連人帶盆端去蓮蓬頭下沖洗。每想像自己幼時這酣暢淋漓的夏日食桃情景，我都會情不自禁地微笑起來。

---

*碼放：有次序地堆疊擺放。

糖

江浙菜品中，糖的作用居功至偉。但把加糖僅僅理解為一個「甜」字，不免流於簡單、粗暴。江浙人士炒菜，一般都會放一點糖。大部分時候，放一點糖不是為了要它甜，而是為了提升菜肴的鮮度，增加味覺的層次。

炒苦瓜、青椒、茼蒿等味道獨特的菜蔬，放一點糖，當然是為了平衡清苦味。又如枸杞頭、馬蘭頭這樣的野菜，加一點糖，能減輕野菜中的澀味，緩解粗野之氣。很多人不知道蒸臭豆腐加一點糖，可以祛除豆腐中石膏的澀味，道理相同。我猜這是一種味覺假象，其實澀味還在那兒，只是借助一絲甜味瞞天過海。

上海著名的陽春麵，其實就是醬油湯光麵，重點都在一碗湯裡。陽春麵的湯非常簡單，將青蒜切碎，碗底放入一朵豬油，加適量醬油，在滾燙開水中沖下去。但是醬油被稀釋後，會有輕微的酸氣，影響麵的口味。這時，需要加一點點的糖來中和。知道竅門容易，拿捏這一點糖在麵湯中的比例就需要多次的摸索和練習。

看老練的本幫廚師燒紅燒菜，拎著糖罐直接往菜裡倒，看官不必擔心，鹹甜平衡之道，大師傅心中有數，鹹味和甜味相互扶持、提點，絕不會顧此失彼。本幫菜「濃油赤醬」四字，汁何以濃稠，菜何以光亮，奧妙全在這一把糖中。

寧波菜出名地鹹，鹹菜肉絲、蒸鹹鯗魚，不加一點糖的話，簡直鹹得蠢相。醃製的九肚魚，叫「龍頭烤」，根本就是硬梆梆一根鹽棍，油煎後必須加糖爊一爊*，滋味立刻豐盛出挑，過泡飯極佳。名菜「苔條小方」裡加一點綿白糖，於味於色皆是點睛之筆。

蘇州人吃玫瑰乳腐，還要加兩勺綿白糖蜜一蜜，使玫瑰花香更加婉轉柔美。蘇式爆魚，調味汁中需要加入大量的糖，多到在汁水中不能再溶化為止。因為家常爆魚多用青魚，河魚難免有泥土腥氣，這種土腥氣是無法用黃酒、生薑處置的，唯有用糖才壓得住陣腳。蘇式爆魚之甜，甜得有道理。但蘇州人做糕餅，甜味卻不濃膩，只為襯托米麵本身香味，甜而不妖，格調高雅，較西點中那幾款甜得嗆人的點心，高下立判。種種用糖的手法，體現著廚師很高的味覺修養。

江南的冬至，最應景的是一道冰糖羊肉。除了冰糖，我還會加入麥芽糖，增加黏稠度和質樸香味。但和甜品不同，冰糖羊肉的甜，終究要以醬油等其他調料為依託和框架，不偏失、不僭越。極致的界限在哪裡，烹飪的功力就在哪裡。

有一道用紅酒蜜製的義大利烤牛肉，甜香渾厚，和冰糖羊肉有異曲同工之妙。法國的煎肥鵝肝，也會用焦糖、無花果或者莓子果醬搭配。可見不同國家或民族對美食的理解演繹至一定的層面後也是可以相通的。

非常欣賞馬來西亞的一種辣醬，相當地辣，妙處是裡面加了當地出產的一種極甜的芒果調味料。辣椒個性強烈的辣味混合熱帶水果的甜蜜，怎麼說呢，如同清冷、險峻的山峰上，突然有了流水淙淙和嘀嚦的鳥鳴，到底是動人的。

---

*燶：用小火將食物煨熟。

冷湯熱湯

一月份下午三點的斯德哥爾摩，天光已經非常昏暗。廣播裡在播報，斯德哥爾摩十二月份的日照時間僅有十一秒。我和Maggie帶著長途旅行的疲累和嚴重的時差感，剛開完一上午的會。午餐是免費的一個麵包，像烏龜殼一樣硬的雜糧漢堡。

兩人哆嗦著在一家家餐館門口的功能表上尋找「SOUP」這四個字母，這四個字母在疲乏、感覺寒冷的我們心目中和它的中文所代表的意義一樣——湯。隨便一碗什麼湯，熱熱的，喝一口可以讓冰冷麻木的胃活過來。

不是每一家瑞典餐廳都有湯供應，終於聽到Maggie猶猶豫豫地說：「這家好像有湯喲！」我不耐煩地問：「你確定是SOUP四個字母嗎？」Maggie剛回答：「是倒是……」我已經幾乎是把她踹進了餐廳門。確實有湯，只有一種：番茄湯。好吧，我們都不是挑剔的人，一人一份，別的什麼也不要。有湯喝，我有點高興，也不管Maggie一臉擔心的樣子。

湯來了，兩隻耳杯裡裝著鮮紅的番茄湯——番茄冷湯。

確切地講，是冷番茄糊。著名的西班牙番茄冷湯，是用番茄、洋蔥、大蒜和隔夜麵包加少量橄欖油和鹽攪打而成的，不用動火，製作簡單，清冽爽口。在炎熱的安達盧西亞之夏夜喝這一碗湯或許是浪漫可口的，可是在一月份的斯德哥爾摩……

我開始明白Maggie從進門起就憂心忡忡的樣子絕非多餘。Tomato Soup，字面翻譯叫番茄湯，可不是我們心目中番茄蛋花湯的概念，它一般就是指番茄冷湯。我們相視苦笑，只能叫來侍者，要了兩杯熱水兌在番茄糊裡喝，直把那沒見過世面的年輕侍者看得目瞪口呆。

沒有哪國人像中國人那樣熱衷一碗湯，對於我們，一碗湯意味著滋養、關愛、蘊藉，所以它至少該是熱的，是溫暖身心的。而在北歐，湯在整個菜譜中，被弱化至可有可無。難道寒冷孤寂的北歐冬夜不是最應該有一碗湯，在廚房的爐火上咕嘟冒泡著等待歸人嗎？後來我發現，瑞典人喜歡在吃飯時喝一種加了肉桂的滋味古怪的混合熱酒取暖和佐餐。飲食習慣差別之大，如果中國女人對著一個心愛的瑞典男人說「我會每天為你煲湯」用以示好，實在是表錯了情。

回來放下旅行箱，第一件要做的事，便是以最快的速度給自己做一碗湯以慰鄉愁。煮一鍋開水，放蔥、薑和兩小片夏天存下的南風肉*，豆腐整塊下鍋，用鏟刀隨意劃成大小不等的形狀，水開了，下一大把淡紫殼的小蛤蜊，水再沸，離火，撒一把切碎的芹菜葉。

蛤蜊湯有點好看的青藍影子，彷彿依稀還原了它曾經生長的海洋的顏色，點綴在其間的芹菜，像生機勃勃的海藻。不須任何油鹽調味，蛤蜊加上南風肉，簡直鮮得透明。一碗簡單至極又色香味俱佳的熱湯，配一小碗米飯，那種從唇齒、胃直達心田的熟悉、認同和接納，帶給我極大的歸屬感。兩碗湯下肚，我一推碗盞，歪在沙發上愉快而安心地睡著了。

---

*南風肉：介於火腿與鹹肉的一種醃肉。

蘸點什麼

有的菜是一定要蘸點什麼的。

一群人在餐廳吃飯，上來一隻芒果炸蝦卷，有人說：「來一碟辣醬油！」外面裹了一層麵包糠油炸的蝦茸，蘸點辣醬油確實提味又解膩，連店老闆自己都跟著起哄，一邊蘸，一邊嘿嘿嘿，說好吃。

對，我們上海人，吃類似這種油炸的東西，比如箬塌魚排（比目魚）、炸春捲、炸茄盒、炸藕盒、煎餃，都喜歡蘸點辣醬油吃。如果是炸豬排，必須要蘸辣醬油吃。泰康黃牌、藍牌、黃牌的二抽，香氣就要差很多。倒辣醬油的時候要記得將瓶子顛過來搖一搖，裡面的香料才會均勻，否則從頭吃到底，一瓶辣醬油的味道不一樣。在維也納排隊吃炸豬排老祖宗的客人來自世界各地，人人吃得一臉滿足。我看著盤子上的半片檸檬，沒有辣醬油，不過爾爾。

炸臭豆腐可不能蘸辣醬油了。臭豆腐要蘸辣火，辣火不是辣椒醬，不是辣椒油，有點像剁椒，不過比剁椒溫柔一點，和臭豆腐是絕配。臭豆腐也有蘸甜麵醬吃的，但沒什麼意思。

現在人人都知道做天婦羅的時候旁邊那一團蘿蔔茸不是拿來直接吃的，而是放在調料裡面一起蘸著吃的。可是天婦羅的外皮在蘸液體調料時很容易就回軟了，不如蘸鹽來得好。高級日本料理店也懂得變通，一大塊喜馬拉雅岩鹽放在一邊，要吃的時候刨一點下來。彈牙的虎蝦天婦羅蘸岩鹽，肥糯的星鰻天婦羅蘸櫻花鹽。調味這件事，考究起來真是沒頭的。

大閘蟹清蒸最好吃，清蒸就要蘸蟹料。大家聚一起吃蟹，我就會問一句：「誰割蟹料？」用閩南話說，真是很「龜毛」的樣子。但是蟹料好不好，對大閘蟹味道影響至大。沒道理吃一流的大閘蟹配二流的蟹料啊。老薑切末，先用糖醃一醃，再加醋，最好是米醋，比較純粹，再加一點醬油調鹹味，次序不能顛倒。如果薑末中先加了醬油，保證不對味，不信你試。

大閘蟹的這個蘸料，也可以用來蘸魚頭湯裡的魚頭。一隻很大的胖頭魚頭，有這個蘸料，我也能一個人慢悠悠吃一整只，而且能吃出蟹肉的那種鮮甜味。再來一碗湯，撒點胡椒粉。

吃白切肉蘸加了蒜末的醬油。梁實秋說，要多加蒜末，而且要蘸著吃，如果醬油澆在白肉上，便不對味。一定有人說：「這有什麼區別啊！」那你離老饕還有很長的路要走。

四川人吃白切肉還蘸辣椒醬。蘇州人呢，吃白切肉蘸蝦籽醬油。真正懂吃的是蘇州人，蘇州的藏書羊肉白切，蘸一種調過味的甜麵醬，也很高明。外國羊肉膻味重，要蘸薄荷醬。

潮州菜用原味清水蒸煮的比較多，所以幾乎每一種菜都要搭配一種醬碟，要講清楚這些醬碟，要寫一本巨著。拿水將豆腐燙了，蘸一點潮菜中最重要的調料之一的普寧豆醬吃，豆子的這兩種形式結合得非常完美。普通的豆腐，可以蘸點XO醬吃。很多好的中餐廳自製XO醬，比某品牌的好百倍。他家的蒸魚豉油用起來真的要慎重，只要加了它，全世界的魚就都被「全球一體化」，統一成了一種味道。

芒果、楊梅等水果蘸醬油也是潮州人的傳統吃法，並非黑暗料理。冰淇淋也可以蘸醬油，不難吃，只是我們會下意識覺得吃法太偏門。

該蘸清醬油吃的是白斬雞，加什麼蔥油啦、薑末啦、香菜啦都是旁門左道，雞粥店那種最差的雞才蘸這些勞什子，同意我的是同道。

白切豬肝也蘸清醬油。在醬油裡加點芥末和糖，風味大不一樣。這是我發明的吃法。

吃鄧師傅的四川火鍋，是沒有羊肉片的。燙黃鱔和泥鰍的時候，蘸一種辣椒麵，泥鰍、黃鱔要下去打個滾，看著鍋裡血紅得有點嚇人，其實摻了豆麵，很香，並不是非常辣。覺得四川菜就是辣的，那是因為你還沒吃過好東西。

很怕有人在吃火鍋調料時把每一種味道都往料碟裡加，燙了什麼都在料碟裡滾了又滾才入口，那麼何必再吃火鍋，直接喝調料不就好了。

我也不理解京都的湯豆腐、清水煮豆腐，不蘸任何調料，再好，吃的也只是禪意，味道是自己想像出來的吧。

糟香

一遊方和尚前往農舍討水喝，老農施以新釀一杯。和尚感其所贈，將他家一口井點化成美酒噴湧的神井。老農靠此井大發其財。一日，和尚又至問候，老農抱怨井中之酒生發天然，惜無酒糟可以餵豬。和尚做一打油詩：「山高不算高，人心比天高，井水變美酒，還嫌豬無糟。」笑話歸笑話，豬沒有糟吃不打緊，但如果真沒了酒糟，人間就少了太多美味。

有朋友問我，江南沒有滷味吧？我想了想，潮式滷味是沒有，不過江南的滷味倒是有醉滷、糟滷、鹹菜滷，還有臭滷。尤其糟滷，猶如酒之沉默醇美的靈魂，附身於菜肴，就算再平凡的食材，亦會有仙意。

每年夏天一到，上海的熟食店就會專門闢一個視窗開始售賣糟貨。記得小時候糟貨主要是白肉、門腔、豬肚、腳爪這幾種。能吃到糟翅尖、鳳爪、鵝掌、鴨信是不可思議的事情，因為那時吃一隻全雞、全鴨都是要憑票證的，根本不可能攢下那麼多翅爪。偶爾有糟帶魚、糟鴨胗和糟蹄圈，已經是稀罕物，去晚一點即告售罄。

我從小容易疰夏*，聞到糟香胃口就開。出弄堂向左轉的陝西路轉角處就是野味香，做沙拉的紅腸、過老酒的苔條花生米、當零食的醬麻雀都在這買。挑糟貨一向由我做主，手裡攥著大人給的錢，端著一口小鋼精鍋，踮著腳從櫃檯的玻璃窗望進去，在糟門腔、腳爪、豬肚之間猶豫不定。我還懂得問售貨員阿姨多要一點滷汁，熟食店向來不賣素糟貨，想吃點糟毛豆、糟茭白、糟百葉，就用這糟滷自家做。

將毛豆莢洗淨，剪去兩頭，加鹽水和兩粒茴香，大火煮開，轉中火沸煮十分鐘後，立刻濾去湯水，連鍋一同浸入冷水中快速冷卻。中間不要轉小火，也不要反覆掀開蓋子查看，這樣煮出來的豆子已經酥糯，豆莢還是碧綠的顏色。此時倒入糟滷，滷製兩、三個小時即可。

冷糟的菜都要在食材涼透之後才可倒入糟滷糟製，如果食材是熱的，糟香不能深入地揮發。糟溜魚片、糟香魚頭湯等熱糟菜，要等菜出鍋前才淋入糟滷提點，也是同樣的道理。

以前成品糟滷並不容易買到，這反而讓一些主婦們保留了製作糟滷的手藝。我最愛看二樓的陶陶外婆做糟滷。噴香的酒糟加花雕酒打成糊，靜置一兩天，讓糟的香味充分溶解在酒中。滷水汁一般用水煮，陶陶外婆是用雞架加豬骨吊出來的清高湯，加蔥、薑、花椒、茴香等近十種香料，有些我認識，有些不認識，最後還要加入冰糖屑和桂花，一應材料並不稱量，信手拈來全憑純熟心法。煮出的滷水汁甘鮮清冽，和花雕酒糟調兌，用細紗布吊起來過濾。看著金黃色的糟滷一滴一滴濾出來，每一滴都會濺出神秘妖嬈的香氣。

陶陶外婆做糟滷，整個樓門洞都香啊。我在一旁蹭來蹭去，忙是幫不上，無非就是期待最後帶一罐糟滷回家。選六、七樣葷素食材，一一煮妥了，加這糟滷封一個晚上，鮮香蘊藉交融，齒頰留香。在德興館、老飯店吃它們的招牌本幫糟缽頭，都不及陶陶外婆做的糟滷。

搬離老房子多年，人事早已不復當初。陶陶外婆夏天做的糟滷，春天做的蝦籽醬油，當年一幢樓的人都嘗過，卻無一個真正學得其要領。如今明白，我們並沒有好好珍惜自己的福氣。市售太倉糟油得過巴拿馬食品博覽會金獎，製作工藝相似，且要封存幾年，沉鬱深長。其名有個「油」字，並非是加了什麼油，而是指菁華的意思，也算優品，如果自己不會弄，太倉糟油就是首選了

---

*疰夏：中醫學名詞，意指夏季身倦、體熱、食少等癥狀。

元寶

平時日子裡，它不過叫魚圓，過年的時候，上海人叫它「銀元寶」。

在過年的時候，不止一種菜被賦予吉利的名字，比如蛋餃被叫作金元寶，魚圓是銀元寶，豆芽是如意。上海人忌諱在過年的時候吃豆腐甚至豆製品，不過豆芽炒油豆腐是例外，是可以上桌的，這道菜叫「如意金條」。

福建人用海鰻做魚丸，魚丸浮在湯麵上，如晨星之於天空，叫作七星魚丸。寧波人也擅用海鰻做魚丸，不過魚丸清湯仍推福建菜獨步。廣東一帶也用肉嫩多刺的鯪魚製作魚丸，鮮味尤甚。

蘇州考究，用刀魚做出骨魚球，裡面鑲一粒豬油火腿末，其實就是火腿包芯刀魚魚丸。和鯪魚一樣，這類肉嫩而多刺的魚總是特別鮮美，做成魚丸又省卻挑刺的麻煩，我十分喜歡。只是用刀魚做魚丸實在豪奢了一點，改成白水魚做，味道雖不及，亦不遠也。

上海人做魚圓，用得最多的還是青魚或草魚。草魚土腥氣重，肉質較鬆散，用它做魚圓，比青魚做的要差一點。

青魚肚檔處骨頭粗，還有黑色的筋膜不易剔除，所以做魚圓最好取青魚臍門以下的部位。將魚身剖成兩塊，剔去大骨、魚鰭，用刀背剁魚肉。要用一點力，使一點巧勁，有節奏地敲打，不一會兒就可以起茸了。將一層層的魚茸刮下後，魚骨自然剔出。緊挨著將魚皮的紅肉捨棄不用，否則會有腥氣，而且魚圓色不白，影響美觀。

根據魚茸的量，加入一、兩個雞蛋清，向一個方向攪打魚茸。待魚茸起勁，加入一點紹酒、鹽和澱粉，開始分次加入事先準備好的蔥薑水。每次開始加入蔥薑水的時候，魚茸會洩一點，一經用力攪打，又重新上勁，成為魚膠狀。如此反覆加入蔥薑水，加入的水越多，魚圓也就越嫩，直到你自己喜歡的程度。有人喜歡嫩得像豆腐一樣的魚圓，有人喜歡有彈性、有嚼勁的，各隨所好。

汆魚圓的水不能沸騰，否則魚圓容易老。一只只魚圓下到水裡，把浮起來的先撈起來，最後再一起回鍋捂一捂就熟透了。汆魚圓的湯碧清，但已經非常鮮，就勢下一把豆苗或者小菜心，白綠相間，美不勝收。

做魚圓並不是一項輕鬆的工作，寫寫百十來個字，做做卻頗費時費力。自己做的魚圓，現做現吃，不要進冰箱，怎麼也比買現成的好吃太多。可是要不是做給自己心愛的人吃，現在哪裡有人肯花這樣的功夫？而在平常日子裡依舊心甘情願做這些繁瑣而美味的食物的人，是真正有愛的，並不是對具體哪一個人的用心，而是懵懂地愛著這日子與這不老的流年。

蟹粉蛋

到蟹季，編輯便點名寫蟹菜。

市面上有專門做蟹宴的，老牌如王寶和，一桌十來道蟹菜。芙蓉蟹粉、翡翠蝦蟹、雪塔釀蟹鬥、魚米之鄉情……名字再好聽也無非是蟹粉炒各類時令蔬菜，蟹鬥、蟹盒，主婦手巧一點，自己剔一點蟹粉也能做出來。最後必定上一隻清蒸大閘蟹，這時食客早已味覺麻木，只好牛吃蟹，草草收場，沒什麼大意思。

次些的蟹宴，每盤菜頂上都要用蟹粉蓋個帽，以本傷人，格調低下。

我吃過最好的蟹宴是亞洲名廚盧懌明先生主理的豐收蟹宴。每年一度，僅在京滬等地舉辦三、四場，菜品每一桌都不一樣。二〇一七年上海的蟹宴主菜菜單如下：古法蟹黃灌湯餃、河篤鮮、蟹釀橙、蟹粉元貝兩面黃、蟹粉舒芙蕾配桂花沙拉、薑汁秋梨雪葩、蟹粉燴魚腦、禿黃油撈飯。一桌主菜既有傳統經典蟹菜，又有創意驚喜，這僅是主菜部分，另有小食、開胃菜、甜品點綴其間，口感跌宕有趣，是蟹宴中的精品。可惜豐收蟹宴概不外售，吃不到的只能讀我的文字一飽眼福了。

不過，我一直認同「一飲一酌，皆是前定」這個說法。這樣規格的蟹宴能有幸吃到的人，畢竟一年也不過幾十位，所以大家大可不必羨慕。想想，不是還有很多因為各種原因，連大閘蟹也享受不到的人嘛。

蟹粉蛋，就是一道連蟹都享受不到的人也可以做的「蟹」菜，雖然非常廉宜、家常，但很有大閘蟹的風味。要把蟹粉蛋做得既有蟹粉的滋味，又有蟹粉的口感，需要對火候和調料有精準的把握。

首先要會割蟹料，編輯們常常會以為我寫了錯別字，其實「割料」就是校準調料的專門用語。吃清蒸大閘蟹的時候，我們需要割一個蘸料，這個料的味道是否準確，當然會直接影響吃蟹的口味。大閘蟹的蟹料，需要米醋加入切成米粒狀的薑、糖和一點醬油。割料的順序很有講究，先切大量薑米，用糖漬一會兒，緩和生薑的辛辣，再加米醋，最後調入少量醬油提味。這是最正宗的蟹料，也是炒蟹粉蛋所用的基本調料，只是炒蟹粉蛋時，醬油的用量可以大大減少，否則顏色深重，不好看。口輕的如果改用香醋，不放醬油也行。

炒蟹粉蛋，不能像平時炒蛋那樣將雞蛋打透，而是用筷子將雞蛋攪散，略打幾下即可。油鍋也不能過熱，油溫八分，倒入雞蛋，開大火用鍋鏟慢慢劃散。這樣炒出來的蛋，蛋白部分的質感像蟹肉一樣嫩滑，蛋黃則與雌蟹膏神似。至雞蛋半凝結狀態，加入調好的蟹料，轉大火翻炒收乾即可出鍋。蟹粉蛋用鴨蛋做最好，鴨子吃小魚、螺螄、水草，食料和大閘蟹一樣，鴨蛋多少能追索一點河鮮味。

我經常在不同的地方使用這種蟹料，花鰱魚頭、河鯽魚篤湯中的魚頭、魚肉蘸這種蟹料吃，馬上會有大閘蟹的風味，就算是普通的炒蛋蘸這個料，也非常好吃，不信就試試咯。

油氽果肉

甄別餐廳的好壞，也是有方法的。比如看他家做飯用的米。朱姐的福記，用十四塊人民幣一斤的米煮飯，成本都賣不到。肯用這樣的米做飯，菜自然不會差的。這是個簡單的道理。

有人說，吃到米飯，已經一餐飯接近尾聲，好吃不好吃都來不及了啊。那麼教你看看一家店奉客的前碟。韓國料理店正式上菜前，少說四、五碟小菜，最多一次，上了整整十六碟小菜，只是大部分都不太好吃。韓國泡菜粗看都一樣，吃多了才能體會出各種風味，有的辣得直白粗暴，有的溫和折衷，有的細膩，有的渾厚，差別還是很豐富的。一家韓國料理奉客的泡菜是怎麼樣的風格，他家的菜也就是什麼風格。這是我一個夏天吃遍上海近七十家韓餐廳得出的經驗。韓國料理前碟裡的泡菜都是免費的，有的韓餐廳乾脆一罎子泡菜端上來，給客人一把剪刀，要多少自己剪了吃。

中餐奉客的前碟裡經常會有一碟炸花生米，上海人叫油氽果肉。大概因為這碟花生米是贈送的緣故，大多數餐廳都氽得像交差一樣，只是表示「我們也有前碟這樣東西存在」。有時還不免吃到一顆兩顆壞的花生，是很掃興的事情。遇到油氽果肉做成這樣的店家，心裡默默請大廚吃十記手心。

第一次在鄧記吃飯，桌上一碟油氽果肉，一碟泡菜。我不聲不響吃了半碟子油氽果肉，放下筷子跟大家說：你們吃吃看這個花生米。有人一嘗之下，將小碟子拖到自己面前，吃個不住。記得那天的油氽果肉添了再添，最後服務員實在不耐煩，上了一大碗給我們，是很好笑的回憶。

鄧記的油氽果肉真的就像鄧師傅菜的風格，看似簡簡單單，波瀾不驚，內裡功夫吃得出，看不見。後來熟了，跟鄧師傅討教，鄧師傅說，每次炸花生米之前要在水裡浸四個小時以上，這樣炸出來的花生米不僅脆，還會酥。一份免費的前碟都明白訣竅，且肯這樣用心，燒的菜自然也會有相當的水準，這也是十分合理的推理。

其實鄧記前碟裡的泡菜也一樣精彩，我知道泡菜罎子裡的秘密，這裡就賣個關子了。

甬府的油氽豆瓣，就是油炸的蠶豆瓣，不是前碟，是一道冷菜。氽得真是又酥又脆。不等我們請教，豪氣的翁總已經自揭謎底。新鮮的蠶豆瓣剝出來，不能馬上油氽，一定要經過冰箱冷凍，這樣，解凍後的豆瓣裡形成一個個小孔，就是這些蜂窩狀的小孔，讓油氽過的豆瓣既酥且脆。

油氽果肉、油氽豆瓣是最最簡單的菜了，可還是有訣竅在裡面，做起來也分用心不用心。在任何小節上亦絕不將就馬虎，就是一家好餐廳的操守。

還是有人會問，吃到前碟，已經坐下來啦，好吃不好吃仍舊不算預判。那麼好吧，教你個最簡單的方法，看看飯店的老闆、大廚會不會笑。好的老闆、大廚熱愛食物，又樂於分享，有慈母心，笑容如赤子，無法掩飾也無法假裝。有些餐廳仗著有點江湖名聲，老闆一副臭臉當作個性，菜一定不會高明到哪裡去，這種餐廳如同內有惡犬一般，是要繞著道走的。

魚鬆

老本幫冷盤、拼盤花樣疊出，酸辣白菜打底，白斬雞、十幾隻油爆蝦、四瓣皮蛋、幾片紅腸、白切豬肝碼在一起，菜和菜的縫隙裡填滿了油氽果肉，頂上一定有一團用手捏緊的太倉肉鬆，帶著手指捏過的明顯痕跡，鄭重其事地坐在冷拼頂端。那時候，誰家餐桌上出現這麼個冷拼，大概表示：一、娘舅全家從鄉下來做客；二、毛頭孩子的女朋友終於敲定了；三、爸爸的老同事要來下棋吃老酒；四、五一勞動節。

印象中太倉肉鬆是老人、小孩的專利。白粥上擺一小撮肉鬆，淡黃蓬鬆著，再沒胃口的人也可以送一小碗薄粥進肚。那種油酥酥的福建肉鬆則更像零食，一邊看書，一邊拿勺子舀著過茶吃。福建肉鬆屬臺灣做得好，早些年去臺灣，用大紅燙金盒子簡單包裝的現炒海苔肉鬆十幾二十盒那樣背回來，它是最受歡迎的手信。

有些做肉鬆的店家也會做魚鬆——旗魚鬆，相比肉鬆，我更喜歡油乎乎的魚鬆。不過旗魚鬆和我自製的東海帶魚魚鬆比，鮮度和細膩的程度還是要差一點。

做帶魚鬆不妨用小一點的帶魚，橫豎炒出來都是一樣的。將帶魚洗淨，加蔥薑和一點黃酒，上籠蒸至脫骨，剔去魚刺，魚肉待用。將鍋子燒熱，倒入一點素油蕩勻鍋底，放入魚肉，小火翻炒。油不能加得太多，油一多就會變成油炸，最後成品口感會硬而不酥。炒魚鬆容易黏底，要不停翻炒，將鍋底剛開始黏結的魚肉鏟起來，如果黏得厲害，就要稍微兜底補少量油，以保證不黏底。我平時不喜歡用不沾鍋做菜，但是做炒魚鬆用不沾鍋似乎更可以勝任。

這樣反覆翻炒，魚肉開始收縮變乾，並開始回油，這也是炒的時候不能加太多油的原因之一。等魚肉接近八、九分乾的時候，可均勻淋入醬油，繼而撒入較多的糖。這時火一定要小，幾乎是微火的樣子，而且翻炒要保持勻速，不能停。這確實是單調而累人的工作，可是鍋子裡香味開始騰起，魚肉酥鬆，色澤金棕。等感覺已經徹底乾鬆，撒入熟的白芝麻，出鍋攤開待涼。

炒得好的魚鬆是什麼口感呢？不是鬆，而是酥，是那種油酥酥又不膩的感覺，有少量和其中的糖凝結成小小的顆粒，嚼在嘴裡特別美味。

小時候買魚是要憑票的，那真是不可思議的年代。帶魚屬於普通魚，用普通魚票。黃魚就算花式魚，要用更為矜貴的花式魚票。而兩指寬的小帶魚，是不需要魚票的。好在那時南海的魚也不容易運過來，魚少是少，小是小，但都是上海人最喜歡的東海海魚。每次菜場有賣新鮮的小帶魚，媽媽和鄰居們就開始製作帶魚鬆，十幾斤小帶魚做的魚鬆，差不多剛好裝滿一隻中號的麥乳精罐子。

在連小帶魚也沒有的時候呢，大人們會用一種叫橡皮魚的非常廉價的海魚製作魚鬆。其實橡皮魚的鮮度也很不錯，只是含油量低，肉質也粗糙得很，炒出的魚鬆口感自然也就差得多。

有一天一時興起，在超市買了一塊帝王鮭回家炒魚鬆。帝王鮭已經被抽去了魚骨，只要加一些薑汁就可以直接開炒，這是個偷懶的想頭。可是帝王鮭畢竟纖維粗糙，鮮度也大大不及，炒出來的魚鬆香味平淡、鬆而不酥，被冷落在冰箱裡，就會好久都無人問津。

蛋炒飯

以前大戶人家請家廚，要考兩道菜，一道是青椒牛肉絲。平凡小菜最見功夫，青椒要斷生*而脆，牛肉絲要斜斜切得細長均勻，炒得嫩而入味，刀法、火候均馬虎不得。我覺得這道考題相當有道理。另一道就是蛋炒飯，蛋炒飯之難，更勝青椒牛肉絲。

誰都吃過蛋炒飯，蛋炒飯是簡潔實惠的速食，也是對剩飯最高明的改造之一。外國人對中華飲食的理解和認知，很多都是從唐人街中餐館一盤加了青豆和火腿的蛋炒飯開始的，但蛋炒飯做得好與壞，可是差之千里。

蛋炒飯做得不好吃，當然是做法不對，不是一點兩點不對，糟糕的蛋炒飯往往是從選米、淘米、煮飯開始，到火候、入鍋、調味，從頭錯到底的那種不對。

大米的糯性高，要存心做炒飯，燜飯時就要少放一些水，燒得稍乾一些。秈米糯性低，以同樣的乾濕程度，秈米做炒飯反而容易，但吃口不及大米飯滑。用絲苗或者泰國米做炒飯相對容易，不過好的香米香氣太有個性，單純蛋炒飯，賓主味道不易平衡。

不管用什麼米，都要淘洗得非常乾淨，至淘米水不很渾濁為止。日本人做飯很講究，淘米規定要淘七遍以上不是沒道理的。米粒外層的澱粉淘洗乾淨，煮出來的飯粒表面才會滑，炒飯就不會黏成團。我吃過用打磨至米粒核心的大米煮出來的煲仔飯，粒粒如珠如玉。日本人製作吟釀的米，也要磨去外層，才能冰潔，這是同樣的道理。

燜好的米飯，趁熱掀開鍋蓋，馬上用飯勺打散。平時吃飯，也可以這樣處理，靜置幾分鐘，熱米飯遇冷，表面收縮，光滑而更富彈性。待徹底冷卻後，放入冰箱過夜。一個晚上後，米飯表面被進一步吸乾水分，顆粒分明。所以，蛋炒飯要用隔夜飯炒，就是這道理。用熱飯炒，米飯黏作一團，一步錯步步錯，再也無計可施。

先炒雞蛋，炒得嫩一點。雞蛋要下鹽，蛋炒飯的鹹味基本來自於雞蛋，鹽直接加在飯裡就不對味了。炒好後將雞蛋盛出待用。起一口油鍋，油不能太多，要正好被米飯全部吸收。有的人炒出來的蛋炒飯底下汪著一攤油，像要打發幾天沒吃飯的叫化子。蛋炒飯一忌太鹹，二忌太油，這兩點就在這幾個步驟中。

油溫稍高一點，倒入冷飯，始終保持中大火，使油快速封住米粒中的水分。如果用小火，飯炒透了，也從裡到外硬得像石子了。這時就該顛鍋，不會顛鍋的人，就用鏟刀不輕不重地翻炒並壓散飯粒，要壓到一個飯團也沒有。其間加入蔥花，炒至有零星飯粒彈跳起來時，説明飯粒外硬內軟恰到好處，此時加入雞蛋炒勻，一股蛋香和油飯香騰起，可加鹽調味。

鬆落落的一盤炒飯，開滿金色木樨花。這種炒法，就是通常所説「銀包金」，文雅點，叫作「碎金飯」。

如果米飯隔了兩夜，或者煮得太硬，則可以用相反的連續處理。先將米飯徹底炒至乾身，保持大火，倒入蛋液，讓蛋液裹住米粒，其中的水分使米飯適度回軟，整盤炒飯金燦燦的，是名副其實的「金包銀」。所以，到底誰包誰，並非炫技，而是「因飯制宜」，不同程度的米飯，選擇不同的炒飯方法。

米飯在油鍋中炒至乾身，是炒飯最關鍵的步驟，這時可以任意加入自己喜歡的配料，蝦仁啦、香腸啦、鹹魚雞粒啦、青豆菜絲啦，豐富多樣。

有一次在澳門葡菜館，點了非洲雞、茨茸青菜湯、番茄火腿焗鱸魚，這些都是新奇而地道的異國風味。最後一份白汁海鮮葡式焗飯，表面眼花繚亂的各種海鮮和厚厚的芝士，看著確實是南歐風格的海鮮芝士焗飯，用叉子掘開一看，下面居然是如假包換的「銀包金」！我和好友相視大笑。我倆畢竟是中國人，到哪兒也少不了這一份蛋炒飯啊！

＊斷生：俗稱「八分熟」，把原料加熱到無生性氣味，並接近成熟的狀態。

小餛飩

我讀書的時候，上海財經大學周邊全是農田，去最近的一個鄉下小店，就算買點針頭線腦、油鹽醬醋，也要穿過鐵路走上一站多的路程。學校食堂晚飯開得早，下午四點半吃晚飯，八點多晚自習結束，大家早已經饑腸轆轆。週末回家帶來的餅乾、點心，一般到了週二已吃光了。曾經有一次，室長用特大號樂口福罐子帶來滿滿一罐苔條麻花，等她去浴室洗個澡回來，我們七個人已吃得精光，年輕孩子們的好胃口真是驚人。後來的日子呢，餓了，也只能餓著，唯一盼望的是校門口的餛飩擔子。

這餛飩擔子好像只有寒冬的夜晚才出現，只賣小餛飩。一頭是一個簡易的竹木架子，放著碗盞和各種調料；一頭是柴爐，永遠噗噗地沸騰著，冒著熱氣。攤主用一支竹篦爿，從一盆肉醬中刮一點，往另一隻手中的小餛飩皮上飛快地一抹，手指靈巧地一捏，一只小餛飩就這樣包好了。手勢純熟的，一分鐘可以包上四、五十只小餛飩。

所以小餛飩也叫柴爿餛飩。這真是一種再抽象不過的宵夜，餛飩皮是那麼薄，滑溜溜的，完全不需要咀嚼。餛飩的肉餡只是非常形式主義地在餛飩皮上走個過場，肉的鮮味幾乎要靠自己的想像。所有的味道，其實都是湯底裡加的香蔥、紫菜、榨菜、蝦皮和那一朵豬油帶給你的，而小餛飩皮只是縹緲的介質。

餛飩擔子總是出現在冷僻的街巷、深夜高高的街燈下、橋堍邊。經過柴爿餛飩攤，即使不吃，我也喜歡駐足看一會兒，看各式各樣的人在這溫暖的光影裡，沉默而滿足地吃一碗柴爿餛飩。吃是吃不飽的，橫豎也不是為了吃飽，不過接一接力氣，繼續走寒冬的夜路。

自己包，可以考究一點。將豬腿肉加碎蔥和幾滴薑汁斬成茸，加少許料酒和鹽調味。肉餡也不能包得太貪心，差不多三、四粒黃豆大，再多的話，皮糊了，餡還沒熟。手法好的人，錯著手指那麼攏一攏，可以包進去一小團空氣，煮出來像一隻水母，叫氣泡小餛飩。再講究點，用包大餛飩的方法，將餛飩皮對角折，再把另外兩角彎一彎扣起來，像煞兩頭尖的元寶，吃起來一點沒有凝結的麵疙瘩。電視劇《長恨歌》裡，毛毛娘舅始終惦記著王琦瑤的一碗小餛飩，便是這樣的包法。

河蝦上市的時候，在小餛飩餡裡放一粒蝦腦或者一點蝦籽，煮出來的小餛飩的透明皮子裡便映了一點橘紅色，非常麻煩，誰肯這麼做？曲折而羞怯的一點橘紅，單單做給有心人，是無法言說的心事。

大學同學要從澳洲回來省親，早早打了電話來找各種惦念的吃食。

「不曉得柴爿餛飩還吃得到嗎？」

「小餛飩到處有，豐裕的小餛飩還是用小砂鍋盛著的呢。」

「不是那種，是要夜裡出攤的，當場包起來，滾滾燙，買二十只還送兩只給你的那種。」

越洋電話裡的聲音有些遠，腦海裡全是四年寒窗裡紛紛的日子。少年的摘抄本裡有不著邊際的詩句：「金貂貰酒，樂事可為須趁手，且醉青春。」校門口的餛飩擔子要去哪裡尋？

「喂——」

我沉默半晌：「來我家吧，你要的那種，我包給你吃。」

番茄炒蛋和番茄蛋湯

延參法師在一次活動中被求墨寶，法師寫了一個「二」字。練過書法的人一定明白，這個字一共兩筆，要讓這十分簡單的兩筆有各自的主張，同時相互襯托，構建平衡與美感是一件非常不容易的事。

番茄炒蛋就有點像是這個「二」字，的確是簡單的菜，要做好，不容易。

正常大小的番茄和雞蛋，兩只番茄配三個雞蛋。番茄不要用洋紅番茄，要選一雌一雄。雄番茄汁水多，偏酸；雌番茄肉厚，偏甜。開水燙番茄去皮，切塊待用。

然後開始打蛋。明明寫「打蛋」兩個字就可以的步驟，為什麼要用一個分段來解釋呢？因為大部分人總覺得打蛋打得越透越好，要用一雙筷子將蛋液打出一層泡沫。偏偏番茄炒蛋的蛋不需要這樣賣力打，只要加很少的鹽和一點點黃酒，稍微用筷子打散就可以了。如果最終炒出來還帶著少量的蛋白，那這個蛋就打得恰到好處了。這樣的蛋有蛋白質特有的一點彈性，口感最佳。但是如果要做蝦仁跑蛋、銀魚跑蛋之類的，雞蛋就要打至起泡才行。

炒蛋要大火熱油，油多一點，蛋液下去迅速拉一拉，雞蛋形狀像長條的棉絮而不是雲朵，大火使得雞蛋成形而內部還保持一定的濕潤度。盛出待用。

再在鍋中倒入一些油，煸炒番茄，可以根據個人口味加少量的鹽和糖。現在的番茄品質普遍不夠好，加少量的上海老牌子梅林牌番茄沙司也是可以的，番茄沙司是已經調過味的，如果加了它，就不需要再加任何調料了。炒至番茄起沙，汁水適量，尚有一些番茄塊的時候，倒入炒好的雞蛋，翻勻醬汁即可裝盤。

番茄炒蛋不須加蔥花，味道不搭。為了所謂的顏色好看，每個菜不是撒蔥花就是放香菜，是審美上的問題，是一個壞習慣。番茄炒蛋也不用勾芡，炒的時候，番茄會自然起稠。番茄炒蛋不能加醋，即使番茄酸度不夠也不能加醋。

順便說一下番茄蛋湯。喜歡清爽一點的，開水加油，加一點點鹽直接煮去皮的番茄塊。喜歡湯色鮮豔、味道濃郁的，先起油鍋煸炒番茄塊至出汁，再加水稍微多煮一會兒。關鍵是雞蛋，也是按照上述番茄炒蛋的打蛋方法，不用打得太透。等番茄湯沸騰後，轉極小火，一邊緩緩倒入蛋液，一邊用筷子勻速攪拌使其不沉底，全部蛋液倒入後熄火，不要再次煮沸。這樣出來的蛋花，一片片極薄且滑，在粉紅的湯中，像一隻纖手浣出的薄紗。

夏天來了，可以吃番茄蛋花湯了。雖然現在一年四季都有番茄，但還是把番茄蛋湯留給夏天吧，就像把三件子*留給寒冬、把醃篤鮮*留給春天一樣。

*三件子：蘇州菜，主食材有三件：雞、鴨、蹄膀。

*醃篤鮮：蘇幫菜、上海菜、杭幫菜的一種春季時令菜式，用春筍、鹹肉和鮮豬肉，置於文火上慢燉。

勺子

「我需要我的舒芙蕾勺，如果沒有這只舒芙蕾勺，我就吃不下甜品。」

這句話如果出自凡夫俗子之口，估計會被人吐嘈到翻，但是如果這句話出自法國唯一的米其林三星餐廳女主廚、曾被評為「世界最佳女廚師」的安娜－索菲・皮克（Anne-Sophie Pic）之口，事情就變得不太一樣。

安娜口中的這枝「舒芙蕾勺」，比普通的甜品勺略窄，更修長，弧度舒緩——在這裡我特別斟酌了用詞，用「弧度舒緩」代替了原本寫下的「扁平」二字，因為我覺得「扁平」這樣俗氣的字眼形容這枝勺子實在近乎褻瀆了它——安娜覺得用這枝特別的勺子來舀剛出爐的滾燙的舒芙蕾，可以在不破壞舒芙蕾蓬鬆又柔軟的結構的前提下，吃上滿滿一口，大快朵頤。而且這枝舒芙蕾勺，還能用作果醬刀，因為它「微妙的扁弧度」，比起任何一把普通的果醬刀，都能更順暢地幫你在早餐的吐司或下午茶的鬆餅上塗抹果醬和奶油。

想到自己吃舒芙蕾不過都用普通甜品勺，甚至有次偷懶，順手拿了一枝蛋糕店隨貨贈送的塑膠勺舀著吃。那些「舒芙蕾蓬鬆又柔軟的結構」一定都在默默哭泣吧。

法國人在用勺子這件事上好像是特別講究一點。吃比較正式的法餐時，如果有醬汁比較多的一道前菜，你會注意到旁邊多了一枝側面有個小缺口的勺子。這種勺子叫法式醬汁匙（french sauce spoon），就是專門吃這一類前菜用的。這枝勺子出現的潛臺詞是：「我的醬汁非常好吃，請務必吃乾淨一點喲。」

法國人吃魚子醬，必須用特製的貝殼勺子，因為金屬勺子會和魚子醬產生氧化，讓魚子醬發出令人掃興的金屬味。巴黎的食品商店Fauchon出售的魚子醬二十五歐元一小罐，可以在店堂裡站著三口兩口吃掉，旁邊同時售賣貝殼勺子，和魚子醬價錢一樣。現在市面上不管哪裡的魚子醬，都會每一罐配一枝貝殼勺子，管它是海貝、珍珠貝或者河蚌，作為一種品質正宗的背書。

我最近也時常為遇不到稱心的勺子和碗糾結。先說勺子。中式的湯勺其實還是簡單的，總不過是那個家喻戶曉的樣子。一枝舒服的中式勺子，你用它連湯帶水地舀一只小餛飩，餛飩的尾巴在勺子邊沿微微抖動，卻又剛好可以穩穩送入口中，湯汁不太多也不太少，溫度不太燙也不太涼，真是熨帖。

有一次吃一個非常高級的筵席，所用的餐具都是名家設計的，瓷器的質感、色彩真的都十分精美炫目。經理特別過來講解，所用的勺子，線條的設計靈感來自女人的高跟鞋。在我喝湯的時候，就有點與一隻高跟鞋接吻的喜感，嗯，是厚底坡跟的那種。

可能很少有人會注意到，比起從前，現在的中式湯勺底部少了三個芝麻大的小點。雖然這不過是燒製過程中支架留下的痕跡，但這勺底的三個小點，在鍋平放的時候，起著穩定平衡的作用，不易滑動。舀過湯的勺子，多少會沾上油膩，有了這三個小點，勺底不會因冷卻凝固的油脂而吸附在桌上或者盤子上。洗乾淨的勺子疊起來放時，三個小點將勺子們隔開一條縫隙，方便晾乾。

我當然不會說出類似安娜所說的——沒有帶三個小點的勺子，我就吃不下飯——這樣的豪言壯語。但現在的勺子花樣款式那麼多，底部帶這樣三個小點的是找不到了，這多少讓我有點惆悵。

我翻出抽屜裡一枝喝蓮子茶用的中式勺子，纖細修長的勺柄，勺底鏤空，刻畫著優美紋樣。勺子大小只夠舀一粒蓮子。一百年前的中國閨秀坐在深宅的黃花梨燈掛椅上，用這只勺子，一粒粒挑著吃完蓮子，然後才喝蓮子茶。

筷子

六點剛過，德興嫂嫂拎著一桶井水，從天井東面的牆根下，澆到西面的牆根下。一年中夏天的這幾個月裡，只要不落雨，德興總歸要在天井裡喫夜飯的。七月裡這時分，天還鋥鋥亮，天井的東面牆上，爬山虎爬了一天，牆角裡一叢竹子也養得好。在這個角落裡搭一張檯子喫夜飯，一點也不熱。

「嫂嫂，今朝小菜讚的呀。」前客堂的正江坐在臺階上幫兒子拆洗腳踏車，搭訕著看德興嫂嫂擺檯子。德興嫂嫂要面子，德興要在天井裡喫夜飯，德興嫂嫂兩個小菜總歸要弄得特別像樣一點。哪怕炒個家常的毛豆茭白豆腐乾，豆腐乾邊邊角角都擇乾淨，骰子丁切得滴角四方。

德興洗完澡，頭髮濕漉漉一律向後梳著，換了條雪白短袖汗背心，清清爽爽地坐下來吃飯。他先將桌上四樣小菜像檢閱一樣，一樣樣看過來。往凍得冰涼的啤酒杯裡倒了大半杯青啤，喝一口，不緊不慢地取過檯子上那只筷匣。

德興端著筷匣，把四面撫一遍，彷彿要撫去筷匣上本就不存在的一層浮灰。筷匣的蓋子輕輕一推就滑開了，裡面裝著一對木筷。德興取出一雙，擱在面前一只骨盤上，又將筷匣蓋子滑攏，端端正正地放回碗盞上方，這才搛起一隻油爆蝦過酒。

「阿哥，每趟吃飯都看你這樣來一遍，像規定動作一樣的，吃力。」正江笑道。

「老鄰居，見怪不怪了喲。」德興嫂嫂從灶披間端了一碗飯出來，在德興旁邊坐下來吃飯。

「嫂嫂拿阿哥寵壞了，明明有一對筷子的，阿哥自己用一雙，藏起一雙，阿嫂用的就不一樣。」

德興嫂嫂溫和地笑笑著：「伊這雙筷子，兒子也不許用的。我自家這雙漆筷蠻適意。」

德興指指老婆手裡那雙漆筷，黑墨發亮的筷身，筷頭上一寸半血紅色，另一頭也是一點這樣的血紅色：「這漆筷，是早兩年在大世界[*1]白相[*2]贏來的。裡廂搭了一隻台，做啥智力競猜題，大獎就是這一套十雙漆筷。」

正江聽他說下去。「最後一道題目，問啥人能背誦《琵琶行》全文，我跳上去，一口氣背下來，就獎了我這套漆筷。」

「結棍的（厲害）。」正江說。知道德興本事是有的，當一輩子小學語文老師，屈才。

「台下的人窮鼓掌。主持人說：『昨天這個大獎也沒人得。儂要是再背得出《長恨歌》，還有一套筷子也歸你。』我又背一遍《長恨歌》，硌楞也不打一隻。」

「嘎*3結棍啊。」正江十五歲的兒子叫起來。初中語文正好教這兩篇，老師讓背，全班一片唉聲歎氣。

「還有一套，把手的地方灑金，家裡擺酒水，圓臺面上擺一圈，好看的。」德興嫂嫂給德興添半杯酒。

德興又搛起一隻油光紅亮的油爆蝦，對牢這只蝦說道：「我這輩子，老婆是討著的，一手小菜沒話講，我的福氣。不過，這點小菜假使不是用這雙筷子搛，味道會不一樣。」

大家不響。德興將手裡的筷子往正江面前遞過去，正江看到筷子一頭刻著寸把長的花紋：「看到了伐，牡丹飛鳥。」正江再仔細看，果然看到筷身折角處，牡丹花叢裡嵌著兩隻振翅的鳥兒。

「這是我姆媽[*4]的陪嫁，一套八雙黃花梨雕花筷。筷子上雕花不稀奇，稀奇的是一套裡八雙，八樣圖案，每樣對應一句吉吉利利的話。這一雙，是鶼鰈情深。你看到這兩隻鳥，就是鶼鰈裡的鶼鳥。」

黃花梨用久了，一層自然包漿。花雕得不深，浮浮的一層。花葉脈絡清晰，鳥兒振翅，羽毛纖毫畢現。

德興又取過桌上的筷匣，輕輕一推，打開匣蓋，露出筷頭上刻著的並蒂蓮，襯著荷葉田田，應該是連理、並蒂的意思了。

「今朝開眼界。」正江讚歎，「哪能只有兩雙了？」

「沒了。抄家，紅木家生一堂，抄家的自己拉去用，西洋古董家生肯定看不懂了，當柴爿劈掉了。藏在花盆裡的金條，夾在草紙裡的存摺，通通被抄光。一根鑽石項鍊藏在我身上，沒抄著。結果這幫赤佬[*5]轉頭看到阿爸姆媽結婚照上，姆媽頭頸裡戴著，還是逼著姆媽交出去了。從小服侍姆媽的娘姨，心急慌忙中撈起這把陪嫁筷子丟在廚房間筷筒裡，總算沒人注意。最後剩下這四支，配得起兩雙筷子。

「六歲開始阿爺就每天教我一首唐詩，整本唐詩三百首背下來，忘也忘不掉。這點幼功，換來兩套筷子。屋裡一份家當，也剩下兩雙筷子。想想，滑稽。」

「做人是這樣的。」正江不知道怎麼接話。德興又自顧自說下去：「我外頭隨便吃什麼，不用店裡的筷子的。日本料理再高級，我也是帶了自家這雙過去，否則吃不來。」

「日本人筷子頭上尖，最像鳥喙，是筷子發明時的原始形狀。這便於用來吃日本人的生魚片。」正江的兒子像背書一樣插一句。

「現在的小孩有見識，啥都曉得。我們十五、六歲時，戇頭戇腦的。」德興說。

「還有韓國人的銅筷，因為韓國人經常吃燒烤，銅筷不會燒焦。」

「韓國人的筷子用起來真是難過，又重又滑，用這個筷子吃滑嗒嗒的韓國冷麵，真是吃過吃傷。」正江看看兒子，這是他一生所有的盼望，他自己不吃不用，也一定要讓兒子吃過、用過，「我還是覺得一雙毛竹筷最好，捏得牢、夾得牢菜。一筷子下去，半張蹄膀皮搛起來了。再一筷子下去，半隻扒雞，連皮帶肉搛起來了。」

德興、德興嫂嫂，全都笑起來，正江自己也有點不好意思：「阿哥，三樓馬阿姨屋裡幾雙筷子也考究的，象牙筷，有的也有雕花。」

「哼。」德興不屑，但還是放低了聲線，「看不慣這種人，興入黨了，就削尖頭打報告，爺娘成分不好也可以不來去。興出國就削尖頭送小人出去，親親眷眷，鈔票一圈借下來。啥曉得這幾雙筷子啥來路。現在興吃素養生，伊又開始吃素了，吃素用啥象牙筷、洋盤。」

「噢，還有這個講法。阿哥，聽說最好的筷子是慈禧太后用的金筷子銀筷子，碰到菜裡有毒……」

「烏攪，驗毒是用菜碗裡的銀牌，哪可能叫慈禧太后夾著一筷子菜等它發黑不發黑。而且金屬筷子你也用過了，多少難過。這種筷子是做做場面儀式的，真的給慈禧用，要殺頭了。」

「那麼紫檀呢？紫檀好還是黃花梨好？」

「海南的黃花梨不輸紫檀的，越南黃花梨就差遠了。紫檀好是好，不能做筷子，會得褪顏色。」看出正江有點不信的神色，德興補一句：「你不相信，問樓上端木爺叔，伊屋裡新中國成立前做古董的，肯定曉得。」

二樓後樓，端木把天井裡的這段對白聽得清清楚楚。德興說得對，紫檀不能拿來做筷子，會得掉顏色。他拉開床頭櫃的小抽屜，取出一隻細長的手絹包，裡面卻正是一支紫檀筷子。不過筷頭那一半鑲了一段純銀，好像被經常摩挲，發出古舊的光華。手握筷子的一端，紫檀沉沉的光襯著細碎的螺鈿嵌，花團錦簇。

另一隻，大概仍然綰在那個女子的頭髮上。光是她拈著這支筷子往髮髻旁一簪這個動作，就曾經讓年輕的端木血脈僨張。兩人終究沒有在一起，端木臉皮薄，祖母當寶一樣遞在他手中的一雙筷子，也就此拆散了。端木現在再取出看這枝紫檀銀筷的時候，不會像剛開始那樣心潮難抑了。他覺得就像正江說的，做人，就是這個樣子的。

＊1大世界：位於上海的一個大型室內遊樂場。
＊2白相：上海話，意指「玩樂」。
＊3嘎：上海話，意指「這麼」。
＊4姆媽：上海話，意指「媽媽」。
＊5赤佬：上海話，意指「壞人、壞東西」。

老鐵鍋

黑咕隆咚的老鐵鍋還是從老房子帶過來的，到底用了幾年，記不清了。長年被鏟刀摩擦，鍋底已經有點變薄，外面斑駁，裡層十分光滑。兩邊的把手是和鍋連成一體的，常年油煙熏，再怎麼洗也有點黏手。鍋蓋換了好幾次，記得最早用的是木頭鍋蓋，後來再也配不著，才換成這高高的鋁製鍋蓋，磕磕碰碰的，也難免積了些油漬。

和新廚房最不匹配的就是這老傢伙。別說和鮮豔明亮的琺瑯鑄鐵鍋具比，就是在鋥亮的不銹鋼鍋面前，老鐵鍋也相形見絀。幾乎每個人來到我的廚房，都會問：「現在外面好鍋子多得是，姐姐不換一口新鍋嗎？」我也有點心動，但並不接話，生怕老鐵鍋聽見了心痛。偷偷瞄它一眼，老鐵鍋倒是一副大度能容的樣子，並不在乎別人的評判，一副「我為主人火裡來、水裡去那麼多年，豈能讓你們幾句話離間了」的篤定表情。

不過，旁邊人說的次數多了，我終究沒能把持住，便去超市請回來一口新式不沾鍋。把老鐵鍋扔出去的時候，看看它那種蒼老的樣子，不聲不響的，心裡真有一點不捨，也有點內疚，不過，舊的不去，新的不來，日子不就是這樣過下去的嗎？

新來的不沾鍋和廚房裡的其他成員都相處得很好。它外面那層紅色塗層是那麼漂亮，在灶臺上像個明星那樣鶴立雞群。不沾鍋脾氣也好，真的做什麼都不會黏鍋，炸魚啦，煎蛋啦，甚至炒年糕、炒麵，鍋底都是乾乾淨淨的。起油鍋炒菜的時候，不管溫度多高，菜下鍋，也是悄悄的，沒有大動靜。哪像老鐵鍋那暴脾氣，油溫稍微大一點，倒菜下去就劈裡啪啦一陣亂響。

這鍋子裡面也不用怎麼洗，用洗碗布在水裡一抹就乾淨了。比較麻煩的是外面的部分，那紅色的塗層沾上油膩，被火燎出焦黑的痕跡就很不容易去掉，如果用鋼絲球硬刷，就會損傷表面的塗層。

用了幾天，我就發現了新式不沾鍋很多不合理的地方。比如新式不沾鍋的鍋底是平的，炒菜其實已經不是在炒，而是在拌、在劃拉。顛鍋也不行，這也罷了，反正我也不會顛鍋，但是做中式菜肴不便於翻炒就很討厭。食材不容易快速均勻受熱，調味也不均勻，菜炒出來都是水塌塌的。而且因為平底比曲線鍋底的鍋來得淺，稍一翻就很容易將食材都撥到鍋外去。

要說燉點什麼，新鍋子還是能勝任的。但是蒸就不行，就因為鍋子的平底深度降低了，最矮的蒸架都放不下。也不能指望用它來攤一張上海人最常吃的麵餡餅，因為不沾鍋表面掛不住油，油在它的裡面只顧自己滑來滑去滾動玩耍，麵漿在上面跟著滑動，厚薄不均，不易成形。

我和新歡的蜜月期眼看著就結束了。大概它和我也是相看兩厭了吧。得不到主人寵愛的不沾鍋開始自暴自棄。我猜鍋子裡面那層不黏塗層應該是一種很珍貴的材質。因為廠家總是把它們做得很薄很薄，所以這種塗層一旦有一個很小的部分被破壞，整個鍋子就算完蛋了。可能我也不太小心，沒多久鍋子裡的不黏層不知怎麼就壞了，最後到了炒一個雞蛋也會黏鍋的地步。它居然對我做了這麼不友好的事，我覺得我和這只不沾鍋的緣分，真是到頭了。

我開始想念老鐵鍋的種種好處。那優美的雙曲線鍋底，鏟刀一下去，食材沿著鍋子內壁又乖乖地兜回來，翻炒中才能產生我們需要的鑊氣。老鐵鍋的雙曲線，相當於一口反向的塔吉鍋，燜煮時，漏斗形的空間可以進行高溫蒸汽的交換。做荷包蛋的時候，又是因為這種雙曲線的鍋底造型，讓人很容易就將雞蛋的一邊折起來，定成一個鼓鼓的月牙形荷包，這才叫荷包蛋啊。而用老鐵鍋炸魚的時候，只要你將鍋子燒得夠熱，魚身晾得夠乾，也是不可能黏底的。而且魚本身的弧度，貼合著老鐵鍋，並且有中心和兩邊的溫差，是非常合理的設計。老鐵鍋對溫度的反應比較快，一旦溫度過高了，將鍋子挪開火頭即可降溫，便於準確控制火候。不像新式不沾鍋，升溫降溫都慢，無法快速調整溫度。老鐵鍋幾乎能勝任中式任何一種烹飪方法，給它加個高蓋子，就可以當蒸鍋蒸饅頭和大閘蟹。鍋裡架起來燒茶葉和甘蔗渣，連煙熏鯧魚都能製作。回頭洗洗乾淨，又是「一條好漢」。這些都是新式不沾鍋不具備的品質。而老鐵鍋熱油炒菜時的爆裂聲，哪裡是它脾氣不好，這正是它在和做菜的人進行對話，告訴你現在的溫度、水分的含量和食材的加熱程度，告訴你可以加鹽啦，要關小一點火啦，快點加點水呀……老鐵鍋的語言，就是劈劈啪啪的爆裂聲、水的咕嘟聲、火力變化時大大小小的嘶嘶聲，總之，你和它處久了就能學會這種語言啦。

唉。總是這樣，失去了，才知道它的好。

我又去新買了一口中式鐵鍋，從頭養起來。先用柚子皮和茶葉煮水，吸去新鐵鍋可能有的一股生腥氣。然後可以用它來炒一些炒貨，比如炒黃豆啦，花生啦，和粗鹽一起炒，可以將鍋子內壁摩挲得更為光滑。最好是炒一點小顆的鵝卵石，現在恐怕再沒人有這樣的耐心去對待一口鐵鍋了。最後，就要用這口新鍋狠狠地熬幾次豬油，或者炸幾次東西，就算正式為新鍋子「開光」了。我想，新鐵鍋能夠感受到我的誠意。幸好鐵鍋們的語言都是一樣的，我們很快就能愉快地交流和溝通了，聽到鐵鍋對我說起熟悉的語言，真是高興。

讀者一定會為那口被我扔掉的老鐵鍋的命運唏噓吧。不用擔心，在我剛把它丟掉的時候，鄰居胖阿娘就立刻將它領回了家。有一天，我找了個藉口，把原來和老鐵鍋一起使用的鏟刀拿去送給鄰居胖阿姨，其實是想看看老鐵鍋在胖阿姨家過得還好嗎。我進去廚房的時候，老鐵鍋正在煎帶魚呢。看到我，老鐵鍋好像有點驚喜，鍋底的火焰扭動了兩下，啪啪地彈了兩顆滾燙的油星出來。我知道它在想什麼，順手把火擰小一點，意思是叫它不要那麼激動。胖阿姨把它照顧得很好。我又把它的老搭檔舊鏟刀帶給了它，它們可以聊聊以前和我一起做過的糖醋排骨啦，燻魚啦，炸豬排啦，也就不會寂寞啦。它一定知道我不會再被外表所迷惑，犯同樣的錯誤，也不會再怪我，它會在胖阿姨家安安心心地幸福生活下去呢。

菜譜

那天是一個夏季的尾巴。遠離市中心有一間幾乎稱得上破敗的舊書店。吃了午飯，和一粒米毫無目的地散步，就這樣走了進去。那兒的一套《中國菜譜》有七本，封面是從前的書籍那種本分又清秀的樣子。翻了幾頁，不忍釋卷。書是三鈿不值兩鈿，我沒帶錢包，一粒米就買下送給了我。

翻看後面的叢書目錄，才知道一套共有十二本，分別是浙江、江蘇、上海、安徽、廣東、福建、北京、山東、四川、湖南、湖北、陝西十二分冊，其中北京分冊印行了三十二萬冊，大部分分冊均印行八萬到十萬冊不等，陝西分冊大概比較偏，印行四點九萬冊。最後出版的福建分冊，只印行了二萬冊。每冊收錄二百道左右二十世紀六〇年代至七〇年代各地比較有特色的菜肴。

我閒時翻閱最多的，除了《紅樓夢》，就是這套老菜譜。分冊雖然長得都一樣，但目錄大類和名稱已經很有看頭。

浙江、江蘇是魚米之鄉，水產類菜肴就分別有九十三種、八十七種之多。其中光鱔魚的做法就有十數種，如無錫脆鱔、軟兜長魚、鱔段燜肉是現在還吃得到的。白煨臍門，用蝦籽和清雞湯煨鱔魚腹部中段，現在已經沒人肯做了。叉烤長魚方是用豬網油一層層鋪上雞蝦茸和大片鱔魚，再捲上豆腐皮，用烤叉叉了，在黃豆秸燒成的火灰中燜烤而成。我盯著菜譜裡寫的「十五公斤黃豆秸」看了半晌，歎一口氣。

就像現在人吃刀魚，也只不過懂得清蒸一樣，以前的蘇州人，把刀魚弄起茸，混了蝦茸、白水魚茸，做成出骨刀魚球，甚至貼回刀魚皮上，做成沒有魚刺，但存魚形的雙皮刀魚。上海卷裡的刀魚脯，想必也是由此脱胎，刀魚茸裡加一粒豬油火腿芯子，是上海菜的作風。我用白水魚做過，很鮮美。不過比起刀魚河蝦、刀魚白水魚這兩種清醇至美的河鮮組合，刀魚加火腿，要低一個檔次。

浙江的水產菜肴裡，海貨更多些，平常的鯧魚、黃魚、帶魚也都能變出不少花樣。帶魚裡有一種釣帶，不是漁網捕撈的，是釣上來的。世界上帶魚多了，非洲也出帶魚，但還是東海的帶魚最鮮嫩，釣帶是帶魚中的上等貨，清蒸釣帶也寫進菜譜了，是上檯面的。寧波人喜歡吃蚶子，搖蚶好玩，以前不懂為何刷起蚶子來要不停地刷，原來是因為一停下，蚶子就會吸入洗下來的泥沙，所以這蚶子叫寧波搖蚶，這名字是拿一把刷子拼命搖出來的。寧波人吃甲魚也考究，用蝦籽火腿燴裙邊吃。裙邊沒什麼味道，吃的是膠質，用蝦籽火腿，這裡下重手，就下得有道理。

細滷明骨是類似的路數，不過，細滷明骨是上海菜。上海人真是喜歡用火腿。寧波人的明骨做成甜的，清爽通透，更勝一籌。上海菜海納百川，形成了自己的海派風格，在這個菜譜裡已經初見端倪。走油蹄膀、肉絲黃豆湯、醃篤鮮的本幫根基自然不會少，焗禾花雀、蠔油鮑魚、叉燒雞是廣東口味，口蘑鍋巴湯這樣典型的東北菜也和烤麩同時出現在素菜裡，魯菜裡的拔絲山藥換成了更為精細的拔絲蓮子。甚至有煎牛排、酥皮奶油雞這樣西式風格的菜肴。

上海菜裡有一系列青魚菜，菜名像暗語，十分特別。湯卷，卷指魚腸，是青魚頭尾和魚腸所製，魚肉鮮嫩，糟香濃郁。炒禿卷，禿就是獨的意思，指單炒一味青魚腸，成菜色澤紅亮，湯汁濃郁，係冬令時菜。青魚禿肺，當然就是一味青魚肝，魚是沒有肺的，古人鬧笑話，以訛傳訛。青魚禿肺色澤金黃，魚肝嫩如豬腦。這個菜燒好了，一點不輸右任盛讚的鲃肺湯，只不過如今大部分的廚師燒出來的青魚肝胡來一氣，還不及豬肝好吃。又所謂醃川，字面真的有點不好理解了，是火腿和青魚中段做的糟菜，鹹肉鮮紅，魚肉潔白鮮嫩，湯汁濃稠，有家鄉風味。值得注意的是，這些形容皆出自菜譜原文，以前廚師寫菜譜，因有親身體驗，描述起來也是活靈活現，津津有味，哪像現在動不動入口即化、肥而不膩，真真離題千里，不知所云。

到了福州、廣州卷，乾鮮水產種類不遑多讓江蘇、浙江卷，福建八十八種、廣東七十二種。福建菜是我不太熟悉的一種，看著菜名自己想像一番，再對照菜譜，還能印證一二；有些菜名就完全不懂了，比如淡菜裙煨酥腰，淡菜只選淡菜裙，為何其他部分都不要呢？急煞人。還有肝肫炒蜇血，蜇血是蜇皮最最細嫩的部分。菜譜上寫，此菜咖啡色，細韌清脆，酸甜爽口，佐酒最宜。實在想像不出來是什麼味道。現在有飯館仿效這道菜，至少遇到時知道蟄血不是海蜇的血，不至於太露怯。

福建人、廣東人喜歡好口彩，菜名也是如此，且有古意，如燕子歸巢、三星八寶瓜、金星伴月雞、掌上明珠、梅開二度。廣東卷的編輯覺悟高，在前言裡說明：「對於某些帶有封、資、修（封建主義、資本主義、修正主義）色彩的菜名，都進行了改革。」太史蛇羹、龍虎鬥等都改了名字，令人惋惜。

廣東的強項當然是海參、魚肚、燕鮑翅，菜肴做法也跟江南一帶大異其趣，除了出名的生炒、清燉、燴、酥炸，還有生炊、乾逼、白焯、明火、油泡、鹽焗，手法繁多。雞的做法也是廣東卷所列最多，總計三十八種。在廣東擺個百雞宴，那是分分鐘搞定。廣東卷最後比其他卷多了一個附錄，詳細介紹了各種乾貨如何泡發，肉脯如何醃製，魚蟹雞鴨的宰殺，切絲的不同規格，頂湯、上湯、淡二湯、二湯、素上湯的區別和吊制等等，每一樣都讓我看得入迷。

猜猜看同樣雞類菜比較多的是哪卷？安徽卷三十二道。符離集燒雞是火車靠站時搶購的名物。對上海菜影響極大的徽菜，絕不都是重油、厚味。雞菜裡就有很多椿芽拌雞絲、菊花雞絲這樣細巧、清新的菜，甚至還有裹燒白蘭花、玫瑰球、金雀舌、毛峰熏鰣魚、油炸薄荷這樣別致的花、茶入菜。徽菜中的酥炸鳳翼，我初以為不就是肯德基的炸雞翅嗎？其實是雞翅出骨，加了糯米、火腿和芝麻再裹炸的，不知比肯德基高明多少倍。反而現在知名度比較高的幾樣徽菜，如刀板香、臭鱖魚、毛豆腐，只一味虎皮毛豆腐列入。想想也是，臭魚、鹹肉只是家常下飯菜而已。

安徽卷野味菜類也不少，主要是山中飛禽走獸，如斑鳩、麻雀、麂子、獐子、果子狸。福建、廣東的野味菜裡更多了田雞、野兔、毒蛇、穿山甲，甚至有熊掌、山鼠乾，太偏門，不是我的興趣點。

不過，北方的幾個分冊，如北京、山東、陝西，根本就沒有野味菜這個大類。北方在吃這件事上，確實保守，也單調了點。《北京卷》水產類菜，只有六十八種，值得推薦的不多。其中一道水晶蝦餅，用豬油膘、青蝦和雞脯肉砸成泥，油炸而成的蝦餅，潔白如水晶，口感暄軟、鮮嫩。梁實秋當年愛吃玉華台的水晶蝦餅，只是玉華台的水晶蝦餅是白蝦做的，顏色會更晶瑩。還有一道白扒蟹油，是扒燒雄蟹的膏。蘇州人就算吃得刁鑽的了，吃一盤禿黃油、蟹膏炒蟹黃，已經覺得登峰造極。這白扒蟹油居然只用雄蟹之膏，未免誇張。

北京卷家禽類中，鴨子的做法最多，也是我最愛看的部分。光一道烤鴨，雖然原輔料就鴨子和飴糖水兩種，做法卻洋洋灑灑寫了七頁，不過我想誰也不可能光憑這七頁菜譜就做出一隻成功的烤鴨來。炒全鴨是真的用一隻鴨子，包括鴨舌在內的所有能吃的部位炒出來的，想必好吃。

山東卷，吸引人的是類似奶湯銀肺、醉腰絲、九轉肥腸等豬內臟各種厲害的做法，還有各種丸子，其中糖酥丸子絕對超出你的想像，基本就是掛了糖霜的油炸豬油膘。出梁山好漢的地方啊，剽悍。山東靠渤海，水產類菜肴也很多。甜菜類又有蜜汁、琉璃、拔絲等一系列佳餚，整個菜譜佈局還是很均衡的。只可惜這樣個性鮮明原來居八大菜系之首的大菜系，如今凋敝到連一個魯菜館都找不到的地步。

從一九七五年第一本北京分冊開始，陸續出版，直到最後一本福建分冊出齊，已經是二十世紀八〇年代。福建卷印量最少，而且大部分都成為館藏書，沒有正式發行，所以也是最難收集的一冊。這套書的出版，轟轟烈烈地開始，倉促收尾。而一個全新的、浮華的時代正撲面而來，這些老舊的，甚至不能算太老的東西，都被迫不及待地丟棄，面臨著一次真正的萬劫不復。

汪姐私房菜

《舌尖上的中國》一火，汪姐也火了。我是在電視上認識汪姐的，她並沒有許多特別的進貨管道，看她在菜場裡買菜，那挑挑揀揀的大姐大風格，和家母非常相似，不管菜、魚、肉、蛋、禽、乾貨，她都能一眼看出好壞和所以然。菜攤老闆看到這樣的主顧，真是又愛又恨。不過汪姐和家母一樣，挑好的也不讓賣家吃虧，價格上決不計較，算是達到了買賣的雙贏局面。

這樣挑食材，自然不可能有固定功能表，今天有什麼好料就做什麼菜，一邊採辦，一邊根據當天客人的喜好和與客人事先的溝通調配出一桌菜肴，需要相當老道的經驗，這是汪姐的本事。

比如今天正好有甘露青魚，燻魚就不用鱸魚做，本幫味兒更正。假如碰巧買不到好的青蝦，乾脆給客人吃好點，換一道蒜煸小青龍。這樣的調整，讓私房宴席有了更多的期待和體己的味道。所以上次有人問我，私房菜到底私房在哪兒？我說：「私房菜最高境界，吃的應該是機緣，每一道菜，每一道菜兩端的賓主之間的默契，一飲一酌，皆是前定的那種緣分，食物與人之間的惺惺相惜。」可以想像一下私房菜的賓主菜三方，如果像鐘子期、俞伯牙和瑤琴之間的關係，該是多麼美。

如果是知味的熟客，這種溝通與默契甚至是貫穿整個宴席的始終。拿手菜，汪姐只管一道道上，充滿自信和自豪。有時候她會從操作間探出頭來，問一聲：「魚頭半湯還是全湯？糟香濃一點還是淡一點？」有時候，我問：「今天肉皮是油爆還是鹽爆？」汪姐答：「當然是鹽爆，油爆有耗氣。」又問：「今天米魚魚鰾多大？」汪姐興奮得伸手比畫給我們看，那麼當然多添一道燒魚鰾。像這樣機鋒暗語一樣的交流，不一定每個人都聽得明白，是吃私房菜的樂趣所在。

汪姐私房菜個性鮮明，帶著她獨特的氣場，上海話叫「煞根」。「煞根」可不是盲目的下手重，我的意思是火候、用料的穩、準、狠，沒有半點猶豫扭捏。比起坊間娘娘腔的本幫菜，汪姐的「煞根」就是別人難以模仿的手勢。

最有噱頭的是沈宏非先生吃到酣處，他也從不只說「好吃」二字，只在大家「埋頭苦吃」的當兒叫一聲：「白飯有嗎？」更甚者，是問一句：「泡飯有嗎？」哈哈，濃油赤醬的本幫私房菜嘛，茶酒均在其次，菜好吃到渴望有一碗新炊米飯來配，當然已經屬於最高讚美。

欖菜刀豆
老油條

上海人向來懂得包容與變通，人家有優點，便願意學習。上海菜和上海人一樣，很多的菜式都是從別的菜系裡學來的，並且會根據自己的理解進行合理的變化。上海菜發展至今，「本幫」二字已遠不足以概括。我比較喜歡海派菜這種叫法，從本幫老八樣裡發端於淮揚乾絲的扣三絲、川揚合流的回鍋肉包餅，一直到海派西餐裡的烙蛤蜊、豆沙西米布丁，都是海派精神包容、變通的具體表現。

我喜歡的一家上海菜小館子，做的傳統上海菜十幾年不走樣，也做欖菜刀豆這種廣東家常菜，不過多加一樣：老油條。

老油條沒有現成的，需要自己用油條加工。將油條切成小段複炸一遍，火不要太大，至要緊不能炸焦。冷一冷油條就脆了，用刀壓碎，不要碎成末，但感覺有壓不碎的部分，也不能將就切一切混進去，非常影響口感。將刀豆洗淨，切成不到一釐米的小段，過油煸至表面收縮略焦黃。加橄欖菜、糖翻炒，出鍋前加入老油條碎，翻勻即可。

欖菜鮮美，和煸過的刀豆炒，本來黑乎乎的，加一把金黃香脆的老油條碎，於色香味上都加足分數。廣東館子的欖菜刀豆通常加一些肉糜，這家上海小館子加老油條碎，是老闆自己的發明，很聰明的變通。我覺得這又是一例海派特徵。但是再怎麼翻花樣，都不會弄出個不痲不辣的毛血旺，或者海鮮亂燉之類，雖是小館子，老闆還是知道變通和改良的底線在哪裡。

不僅上海菜，其實上海的服裝、建築等等都有這種包容、變通的海派文化特徵，這是題外話，我們還是回來說說刀豆。

有一天，因為要做一些關於菜場的內容，編輯小朋友要我陪著逛菜場。我指給她們看一堆堆的刀豆。「刀豆！」小朋友說得蠻有信心，可是這一個攤子上刀豆就有三種，每種都稍微有點不一樣。一種比較平凡，淺綠色，一虎口長短；一種顏色稍微深一點，豆節也明顯一點，仔細看，側面一根紫筋；第三種，比另外兩種都細小一點，大小粗細不勻。外行看，自然是第一種長得比較漂亮，實際好吃的是後面兩種。帶紫筋的，肉比較厚，豆香濃。第三種是本地刀豆，嫩、糯且香，上市比紫筋刀豆晚一點點。

我又從同一種刀豆裡拿了兩根問小朋友：「看看這兩根豆一樣嗎？」「不一樣嗎？」小朋友不好意思答了。我說：「你們用兩隻手摸一下，感覺看看。」小朋友真是有心學，伸出手摸，還認真地閉上眼睛。好的刀豆用手摸，表面有滑滑嫩嫩的感覺，非常細膩，彎一彎，柔軟有彈性，一比較就很明顯。你看，同樣炒一碟刀豆，你隨便買一把，而她選了好的品種，又在裡面挑最好的豆，你們炒出來的菜當然不一樣。

在法國的菜市場也見過三、四種刀豆，有一種深綠色、細細的刀豆和本地刀豆風味非常接近，甚至更好。只是法國人要麼將它們煮得稀爛，要麼生生的配沙拉醬吃。這次去法國看到wok（中式快炒）的做法，也看到它在一些餐廳上了推薦功能表。法國並不是一個偉大畫家、音樂家、建築師、作家的主要原產地，但法國是很多偉大藝術家的土壤、庇護所和最後的歸宿，這種包容性和海派的精神非常相似，希望法國的主婦們有一天也試試炒點刀豆吃吧。

百葉千張

再不會做菜的人，總歸會做百葉包的。但是做菜厲害的人，一隻百葉包也做得和人家不一樣。

有一次我是在一家牛肉打邊爐吃到的。手切牛肉和蛇肉煲仔飯是他家招牌菜，老闆又推薦試試他家的百葉包。老闆是上海人，雖然是做打邊爐的，但有這種上海家常菜並不奇怪，奇怪的是百葉包有啥特別值得推薦的呢？我們還是點了一碟，上桌的樣子和普通的百葉包並沒什麼差別。我留了個心，先撿起一個嘗，一口咬下去就知道玄機了。這家的百葉包包法很特別，是在一張百葉上先鋪開了餡子，再捲起來，兩頭收攏。餡子是薺菜肉糜，橫切面看起來是一層綠、一層淡米黃相間，顏色已先奪人，口感也與餡心集中在中間的包出來的大不相同，有彈性又錯綜一些。我十分喜歡，吃了兩隻。

湖州丁連芳千張包很出名，底子也是百葉包，豬肉餡裡加了開洋、筍衣，更添鮮味。包子的式樣也改成方墩墩的，入口鮮汁四溢，十分滿足。

可我吃過最好吃的千張包不是在湖州丁連芳，而是在杭州的江南驛。江南驛的千張包包法更奇特，先是做成一個扁扁的千張包，再將它整個團攏來，用棉線紮了煮。燒的時候先將千張包蒸一次，帶油的湯水都不要，再回到砂鍋裡加水、扁尖和一些新鮮蘑菇煮出味。這樣做出來的千張包非常清爽、鮮口。江南驛老闆娘，大家都叫她兔子姐，菜如其人，大開大合。在菜的調味上，她經常出其不意地給人驚喜，比如孜然菠菜、糟骨頭蒸魚、九層塔辣雞爪、花椒毛豆。這千張包的餡子，兔子姐斷不肯按常理出牌，在肉糜中添加了香菇和梅乾菜，沒想到那麼出彩。香菇味道比較容易辨認，梅乾菜只放了一點點，嘗得到鮮香，但一桌子的人都辨不出是什麼，這是調味的較高段位。我十分喜歡，那麼大只，還是吃了兩個。

如果家裡正好做雞湯，可以舀一點雞湯出來煨百葉包，叫作雞汁百葉包。上海幾家出名的熟食店裡也有賣這一道菜，不過大部分都只能叫雞精百葉包，味道錯得離譜。

連一個百葉包都不肯好好做，這成了什麼世道了呢？不過也能經常吃到那樣好吃又見匠心的百葉包，似乎又是幸運的、最好的年代了。《雙城記》開頭說：「一個最好的時代，一個最糟糕的時代……」如今，就吃這件事情上來說，也正是處在這樣的一個雙重境遇裡。

馬鈴薯

不知怎麼說到這個話題：如果只能選一種食物一直吃、一直吃，你會選哪種？

那天大家在吃大閘蟹，時節到了，那一年的太湖蟹又好。大元吃得正開心，呡一口老酒，只把面前螯封嫩玉、殼凸紅脂的大閘蟹指了指，說：「我就選大閘蟹吧，我可以一直吃、一直吃、一直吃的。」大家嘻嘻哈哈，各自講出答案。輪到我，我說：「我選馬鈴薯。」

怎麼能不是它呢！它可以被加工成任何一種形狀，可以用任何一種烹飪方式，做成任何一種你想像得到的味道：魚肉、菜蔬，都與它合得來；油多一點好吃，一滴油不放也可以很好吃。馬鈴薯還是少有的中西通吃的食材，怎麼做，我都愛。

去貴都酒店吃自助早餐，其實是專門吃他家的奶油薯茸。一大勺薯茸下去，其他的就吃不下什麼了。朋友說我這自助吃得完全不得要領，可是適口者珍，別人並不知道我的快樂。

炸薯條是比利時國菜，在布魯塞爾的每頓飯都有炸薯條，可是與其他地方的大同小異，並沒有傳說中的那麼優秀。固執的比利時人在他們的芥末罐上鄭重其事地寫：「我們都知道炸薯條是比利時的。」像在宣佈領土主權。

我吃到最滿意的一次薯條，是在一間老房子裡的法式餐廳，餐後額外上的一籃子粗粗的鵝油薯條，加了馬玉蘭、迷迭香等幾種香草，那幾道大菜竟都被比下去了呢。所以真的不用只一門心思地開發新菜圖一鳴驚人，將薯條炸得好吃一點，就很好了。

小舅媽不太會做菜，在表妹家過一個暑假，來來回回就做三道——蒜泥肘子、蒸茄子和酸辣馬鈴薯絲，實在想不起來還有第四道菜。可小舅媽的酸辣馬鈴薯絲做得真好，我百吃不厭。很早知道的炒馬鈴薯絲要先洗淨馬鈴薯裡的澱粉，就是舅媽教的。

將馬鈴薯煮酥，撈出去皮，先切成比較大的丁，再用刀背壓一壓，留一點顆粒，不要壓成太細的薯茸。拌入少量同樣煮熟壓碎的胡蘿蔔，放少量肉末，加香蔥末或者洋蔥末，加鹽拌勻，做成孩童手掌大小、扁扁的薯餅，兩面拍乾麵粉，油煎一下定型；臨吃的時候複炸一次。不要貪心在馬鈴薯餅裡加太多肉末，否則餅塊很容易散開；炸的時候只翻一次面，翻來翻去的也很容易散開。

我總是一次做多一點，一張一張地用蒸點心的紙隔著分好，急凍起來，什麼時候想吃了，拿出來煎兩隻。表皮金黃焦脆，咬開香熱撲鼻，是主菜，也是很好的宵夜和茶食。有人說：「哎呀，又是澱粉，又是油炸，這樣的宵夜會不會太罪惡了？」可是，想想看，沒有澱粉和油的宵夜，有什麼說服力呢？

大閘蟹當然是好東西，但是連著吃上幾頓，大概人人都會吃不消。而馬鈴薯呢，我真的可以變著法兒一直吃、一直吃的。

麵飴餅

「肚皮有點餓。」
「沒啥末事喫呀。」
「塌兩隻麵飴餅好伐。」

這是一段可能發生在任何時段，任何人之間的對話。春睏懶起的情侶們；尷尬時分順道造訪你的閨蜜；放夜學後，對著正要備飯的老祖母撒嬌的孩童；臨上床又被突如其來的腹鳴叫回空空如也的冰箱前，自己內心的掙扎獨白。麵飴餅是這一幕幕劇中最合意的道具。

喜歡吃各種各樣的餅。就像南方的麵，吃的其實是湯底和澆頭，寬湯窄麵，那麵恨不得窄到沒有，過橋的雙澆頭過下去二兩黃酒，才意思意思扒一口麵，喝兩口麵湯，算是吃了一碗麵。南方的餅也是這樣，口味娟秀的糜飯餅、酒釀餅、南瓜餅，餡料豐富的酥皮餅。鮮肉月餅的皮子一不小心碰碎了，手裡就剩一隻肉圓。好像是不好意思空口吃一隻獅子頭，借點麵粉的意頭當點心。

我更喜歡北方風格的餅。那種以麵粉為主角，以主食的姿態出現，充滿了小麥金色香味的各種餅食。在石家莊燈火如豆的小破店裡第一次吃熱呼呼的驢肉火燒，驢肉雖然香，不過是別姬的霸王，那兩層乾香、潑辣有勁的火燒才是最終坐定江山的水泊梁山。從長沙趕早班飛機回滬，聽說有一家做傳統油餅的店，還是起了個大早專程前往。師傅兩三下手勢，麵團在油鍋裡撐開一隻金黃色的小口袋。只一絲淡淡的甜，卻深蘊豐富優美的味道。到哈爾濱出差，偶然遇到一家食店，只賣一種骨頭砂鍋配各種餅。草帽餅、手撕餅、蔥油餅、乾烙的麵餅，各種叫不出名字的餅盛在一個竹籃裡，和一隻咕嘟冒泡的骨頭砂鍋一起上桌，頓時覺得在天寒地凍的哈爾濱找到一個小型天堂。

早幾年在北京，還能看到賣糧食的小店也外售現烙的大餅，甜的加了芝麻醬，鹹的是蔥花，大餅燦燦爛爛地在厚鐵餅鐺裡，主婦豪氣地一整張買下，大餅出鍋時呼啦啦一個翻身，擲在案板上，一陣撲面的熱香。現在上海的街頭巷尾也有類似的餅切成一角一角的賣，總歸有點娘娘腔。

上海那家天天排長隊的蔥油餅店，本來還很吃得過，終究被媒體炒暈了頭，裡面越來越多的一包生豬油，煎至又硬又膩，冷了更是一股生腥氣。梁實秋筆下那種「標準的蔥油餅」「……層多，蔥多，而油不要太多。……蔥花要細，要九分白一分綠。鍋裡油要少，鍋要熱而火要小」，以前我的祖母是會做的，裡面加炸至七八成的豬油渣。一弄堂的鄰居跟著學，祖母撒鹽、撒蔥，大家也跟著不多不少一撮鹽、一把蔥，祖母旋兩下麵團，大家也跟著不多不少旋兩下麵團，可做出來的餅，硬是不一樣。家祖母祖籍天津，要說做餅，真的得要點北方基因。上海的四大金剛早點攤，大餅做得好的，還是山東人。圓的叫盤香，長的叫朝板。

我沒有繼承祖母的手藝，真是憾事。想吃餅，只會塌一隻最最簡單的麵飴餅。北方人往麵飴餅裡加一點櫛瓜絲，叫作糊塌子，好像隨便塌一塌，不太肯承認它也算是一種餅的樣子。不過還是那句話，再簡單的食物，總有一個關鍵點，櫛瓜麵飴餅做得好，也是有一些竅門的。

櫛瓜和夜開花（匏瓜）長得有點像，櫛瓜的表皮有花紋，夜開花做干貝釀肉，櫛瓜適合做麵飴餅。櫛瓜要切絲，如果用絲刨刨，出來的櫛瓜絲會太多水分，做成餅則太過軟塌，不是個好辦法。其實櫛瓜的皮也很嫩，留著口感會更好，用鉋子將櫛瓜刨成大片，芯子不用，再改刀成細絲。這樣，櫛瓜絲裡還保留了適量的水分，做出來的麵飴餅吃得到那種瓜果的口感。

麵粉適量，加雞蛋一顆和少量水，拌勻。再加入適量櫛瓜絲輕輕拌勻。這時候，麵粉漿要調得相當厚，因為稍後加鹽調味的過程中，櫛瓜絲還會沁出很多水分，使麵漿變稀。鍋燒熱，加油。油一定不能太多，在鍋底淌勻一層即可，油太多麵漿掛不住鍋，餅在鍋裡滑來滑去攤不成形。倒入麵漿轉小火，用沾了油的熱鍋鏟輕輕攤開麵漿，別著急，烘妥一面再翻面。

麵飴餅裡也可以加胡蘿蔔絲、蘿蔔絲、茄子絲、韭菜，甚至切得極細的捲心菜絲。總之一切水分不太大的蔬菜都是適合的。韓國人做的麵飴餅，裡面加無所不在的泡菜，紅豔豔的泡菜餅，十分可口。

採芹

張愛玲在《公寓生活記趣》中這樣寫：「看不到田園裡的茄子，到菜場上去看看也好——那麼複雜的，油汩的紫色；新綠的豌豆，熟豔的辣椒，金黃的麵筋，像太陽裡的肥皂泡。把菠菜洗過了，倒在油鍋裡，每每有一兩片碎葉子黏在蔑簍底上，抖也抖不下來；迎著亮，翠生生的枝葉在竹片編成的方格子上招展著，使人聯想到籬上的扁豆花。」城市生活是這樣的，你如果不能用一點想像力從中發掘田園的樂趣，就只能永懷桃源歸隱的鄉願與遺憾了。

城市裡亦無處採芹，不過可以去菜場買芹菜。芹菜的品種有很多，上海人最喜歡買的是黃心芹，外面淡綠，芯子裡是嫩黃色。這種芹菜香氣雅，咀嚼沒有渣滓。另一種顏色深的野芹菜，香味夠濃，有野趣，可惜纖維粗，嚼了滿口渣，是很掃興的事情。

我一直不知道怎麼「對付」西洋芹，第一次看見這種巨型芹菜，以為是給幼稚園小朋友扮小白兔，抱在手裡表演拔蘿蔔之類的道具。家裡人口少，一片西洋芹配點百合、白果就能炒出來滿滿一盤。剩下還是一整棵，豎在廚房角落的菜籃子裡落落寡歡，怪我浪費了它。燒西洋芹之前要用刨刀刨去表面一層老筋，炒出來淡淡的，沒什麼味道。生的榨汁倒還不錯，加一顆蘋果，味道會好一點。

馬家溝芹菜是芹菜中的上品，香味清俊，多汁無渣，回味非常甘甜。摘去芹菜葉子，用手撕開菜莖，少許淋幾滴好醋、幾粒糖，已經十分好吃。千萬別加麻油、醬油之類的唐突「佳人」。第一次吃馬家溝芹菜是在一個隆重的宴席上，一桌菜轉來轉去，只有一道馬家溝芹菜讓我頻頻舉箸。是食材好，不能算廚師的本事。別的菜，一概不記得了。

溧陽白芹是芹菜裡的雋品，買來的白芹通體牙白色，沒有葉子，不知是不是天生就沒有。將白芹用手折成段，在淡鹽水中浸一會兒再炒。怪了，這麼俊逸的物事，要用一點豬油炒才好吃。白芹不像普通芹菜基本一年四季都有，它只春天上市兩個多月。

水芹是水裡生的芹菜，水八仙裡最有仙氣的一味。水芹入冬了才有，冬天洗水芹是令人畏懼的事情。芹菜最嫩的根部會帶有很多塘泥，蔓延到莖稈裡面，要用手仔細地一根根濾淨。可是水芹是那麼好吃，那種獨特的超然物外的味道，完全沒有另一種東西可以替代。指尖的冰冷，暫且忍耐一下吧。將熏乾切得非常薄，和水芹一同下鍋炒，稍加幾滴醬油和一些糖，翻兩下就可以出鍋。水芹和豆腐乾是絕配，只能清炒，除此之外，再沒有別的搭配。

「思樂泮水，薄采其芹」，《詩經》裡說的採芹，便是這水芹了。採芹的人，指的是讀書人。

藕

藕，有點尷尬，算水果呢，不太甜，無果香，別說無法跟桃、梨、杏、梅爭豔，就算和同是水中八仙的荸薺、菱角相比，也寡淡得多；雖是水生，水分又不多，不像西瓜、柳丁那樣汁液豐富。將嫩藕冰鎮了切片，閑來噙幾片嚼嚼，吃的是個夏日風荷的意思。哪怕是最好的蘇州雪藕，也不過如此了。

拿來做菜呢，也有限。藕餅是我喜歡的，兩片塘藕中間夾一點肉糜，裹了麵漿下油鍋炸，當午後點心勝過當下飯小菜，拿來煲湯也好。龍骨、扇骨、棒骨不拘，和切成大塊的藕一起，下一塊南薑、一把紅小豆、幾粒干貝、兩個蜜棗，小火一次煲足三數個小時，得三、四碗灰突突的老火靚湯。肉渣是吃不得了，藕塊燉得酥酥的，倒很好吃。

藕最貼切的料理方法，是桂花糯米塘藕。用流動的水洗淨塘藕上的淤泥，將浸發過夜的圓糯米灌入藕的孔洞中，要將糯米填得緊而不實，留出一點漲發空間。用牙籤封住了兩頭，加水煮至裡外軟糯。手勢好的主婦所製的糯米塘藕，晾涼了切片，藕孔中糯米微微鼓出一些，但絕不會掉出來。藕是極淡的，糯米本也沒什麼味道，但這兩樣東西一旦組合在一起，兩股清氣交融，突然具體而明確起來，澆上桂花糖汁子，月中桂子水中仙，絕妙的搭配。

藕分九孔、七孔兩種。九孔藕又名白花藕，藕節細長，澱粉含量低，吃口脆，適合生吃、涼拌或者炒藕絲。七孔藕又名紅花藕，藕節粗短，澱粉含量高，口感粉糯。煲湯和做糯米塘藕最好選七孔藕，做藕粉所用的，也是這種七孔藕。

藕粉要算杭州西湖的最出名，我從小吃的藕粉就是西湖牌，現在幾乎所有的藕粉都要加上「西湖」兩個字。可我已經長長遠遠未吃到好的西湖藕粉。九月初去江蘇的寶應湖原生態濕地郊遊，本來是想尋好的大閘蟹，可惜時間尚早，倒是意外吃到了很好的寶應湖藕粉，買了一堆做手信，皆大歡喜。

沖藕粉有個技巧，不能直接用滾水沖或者煮，要先用冷開水將藕粉充分溶解，再邊攪拌邊沖入滾開的水，方不會有結塊之虞，可均勻調至濃稠適度。好的藕粉晶瑩通透，稠而不黏，入口綿滑，一股自然清香。乾藕粉是水粉畫那種淺淺的粉紅，一經沖調，顏色彷佛成熟，變得有點深沉。我極愛這種顏色，如見夏日傍晚將雨未雨的雲色。

那種藕荷色的衣服單看著實在是漂亮，不過等閒人襯不起。膚色太深呢，髒相；太淺呢，顯胖；不深不淺的呢……哎呀，簡直像什麼也沒穿一樣，太過魅惑。一次看到一件藕荷色的窄肩長裙，正是巴黎美好年代流行的那種貼身長款，流水一樣的料子，沿著身材的線條窸窸窣窣釘了一行行流水一樣的水晶亮片。忍不住買下來，對鏡裝扮幾次，但終究沒勇氣穿出去，只能壓箱底了。

玫瑰大頭菜

在搜尋引擎中搜「大頭菜」，會直接看到芥菜的詞條，然後一大堆界、門、綱、目、科和若干變種之類的專業詞彙，搞得你再也認不得這從小吃到大的家常小菜。不不不，我要說的大頭菜，就是在老式醬園高高的屋頂下，背光的陰影裡，在列兵一樣整齊排放的陶甏中，散發醬香的黑色大頭菜。

老式的醬園，總是暗暗的、陰涼的，有一種老僧入定般時光凝固的味道。我喜歡嗅醬園裡永遠不變的氣味，稔熟、寂靜。這寂靜有時甚至會讓一個孩子感到不安，直到她的目光落在櫃檯上裝滿各式各樣、色彩繽紛的醬菜的玻璃罐子上，才又快樂而專注起來。

壯觀的醬菜家族中，有肥肥的甜醬瓜、蝦油露浸的小黃瓜、金黃帶著細碎紅辣椒的辣蘿蔔；半透明的蕌頭浸在清澈的糖醋汁水中；醬香萵筍尚未醃透，仍帶著嫩綠的顏色；灰撲撲的醉麩則像一小塊用舊了的海綿；人參蘿蔔長得真跟人參沒兩樣，切片後截面上有好看的花紋；什錦醬菜最熱鬧，裡面有紅的、黃的蘿蔔絲，棕色的萵筍絲，醃透的生薑，還有黑色的寶塔菜。寶塔菜還有個名字叫甘露，竟像一個女孩子的閨名，輕易不讓人知道。寶塔菜形似一串小型糖葫蘆，珠子般一粒粒由粗到細，不及小指那樣長，脆得很，回味甘甜。寶塔菜也可以單賣，就是貴一點，但也貴不過最好的玫瑰大頭菜。

玫瑰大頭菜，雖然長得黑黢黢，笨頭笨腦，但做法卻很考究，鮮大頭菜要醃過三次鹽才可開始醬製。醬製時，除了不可少的紅糖、飴糖、麵醬和陳年老醬汁之外，還要加入玫瑰。經過發酵、晾曬和收貯的過程，前後要半年多的時間。玫瑰大頭菜外觀拙樸，其色如檀，口感剛中帶柔，醬香醇厚甘美，隱約的玫瑰花香婉轉細膩。醬菜裡的玫瑰大頭菜、玫瑰腐乳，讓醬這種深厚的味道中融入了花香，成為雋品。

從雲南插隊回來的表哥表姐，教會大家雲南人的大頭菜吃法。用大頭菜、肉末和厲害的青辣椒炒成黑三剁，鹹辣鮮香兼具，是名副其實的米飯殺手。不太能吃辣的上海人初嘗這樣的口味，覺得新鮮刺激，黑三剁在我家飯桌上也很風光過一陣子。

其實玫瑰大頭菜切小條，拌點麻油就很好吃，我還喜歡額外加點綿白糖提鮮，調整醬的鹹味，過泡飯最佳。夏天，將大頭菜切丁，和毛豆同炒，要淋一些醬油，如果怕太鹹，同樣加一點糖，味道就會重新平衡過來。大頭菜炒毛豆、醬瓜炒毛豆、蘿蔔乾炒毛豆⋯⋯長長苦夏，也就在各式各樣的醬菜、在驕陽蟬聲和午後的渴睡中慢慢過去了。

現在的玫瑰大頭菜，醃製時不用飴糖了，只用白糖一種，便甜得單薄，也不用新鮮玫瑰花，改用玫瑰精。玫瑰大頭菜之所以矜貴雋美，是因為玫瑰一味是其魂靈，哪裡能差得起這一點點。芳魂不再，玫瑰大頭菜的味道也就謬之千里了。

以前大舅舅住的石庫門，別名醬園弄，旁邊有一個很大規模的醬園。有一日偶然經過，那一帶已經被拆得面目全非，不知怎麼，卻見廢墟中孤零零地矗立著的一面高牆上巨大的楷書「醬」字還在，筆劃依然清晰有勁，一點也沒變樣。我不禁駐足，醬園的老招牌與我，就這樣隔了一條街，隔了幾十年的光陰，互相致意。

後來聽長輩講，這家醬園就是大舅母家張氏兩兄弟開的，是為記。

紅菱豔

高速路上的嘉興休息站是個熱鬧的休息站，過路客總也忍不住在這裡停一下，不為加油、盥洗，而是為了買幾隻嘉興五芳齋的大肉粽。站在車邊趁熱剝一隻吃，緩一緩駕駛的疲勞，人人一臉心滿意足。如果是深秋季節，則可順手買一袋菱角。

過了立秋，就可以買四角水紅菱了，兩隻腰角、兩隻肩角，新鮮生食，嫩而水靈，輕輕的澀味，是水底深處幽暗的味道。菱肉如新雪，殼如殘紅。在車上慢慢剝了吃，十數個吃完，不知不覺過了松江，也快到上海了。

這時節，西塘古鎮的老街上，三五步就見老房子門口放著一木桶的水紅菱，嫩紅帶綠的菱角在水中輕漾，像江南水鄉明媚的笑靨。遊客買了當伴遊的零食。這種水紅菱也可以入菜，每家飯館裡都有菱角炒毛豆，色形俏麗，想不出還能有第二種搭配。

家家戶戶這樣做，做得最出色的是北柵街上的老品芳。那裡的菱角格外新鮮，用一點油，快火拉一拉，鹽和糖都不能多加，只是一筆帶過，襯出菱角鮮甜即可；再加入已經汆過的毛豆，勾芡。

這勾芡用的澱粉也是用菱角搗碎了澱出來的，所以不管現在市面上賣的芡粉是玉米做的還是番薯做的，江南人還是稱之為菱粉。做菱粉多用兩角老菱，兩角老菱長得像牛角，生的時候是暗綠色，煮熟了是深棕色，更神肖牛角。南京產的兩角菱則極似蝙蝠，叫蝙蝠菱。以前古董小件和清玩中常見玉石、犀牛角等各種材質做的蝙蝠菱，「蝠」與「福」同音，圖個好口彩。

兩角老菱煮熟了更好吃。我總覺得熟的老菱肉有點木頭木腦，同是水中八仙，它就毫無仙氣。菱肉酥酥的、粉粉的，帶點甜味，不知不覺就吃飽了。老菱澱粉含量高，本來就是可以當飯的。用來焐五花肉，老菱肉被油煨透，熟到底，反而別具一格。

想吃個巧就要吃無角菱了。嘉興南湖出產的無角菱，又叫和尚菱或者餛飩菱，其形狀可想而知。淺黃綠色的菱殼，菱肉汁多而脆，味極清，用它做熟食的話，加米粉、冰糖做菱角糕最好。菱角碰不起，我曾站在南湖邊，吃農民剛剛採上來的南湖菱，其味真的帶著一股仙意，隔四、五個小時再吃它，味道像兩種不同的東西。

菱角是個大家庭，兩角菱、四角菱、無角菱只是最常見的品種，還有三角菱和八角菱。各自的味道都有細微差別，如一母同胞，雖相似，但也有獨特的性情。

菱角的葉子也是菱形的，十幾二十片簇擁著聚生在水面上，初夏開小白花，夜開晝閉，隨月亮圓缺轉移。古中國女子用的銅鏡，用菱葉的紋樣做裝飾，菱鏡因此得名。樂府詩「紅綃卷袖搖釗聲，摩挲睡眼窺秋菱」一句，其中「秋菱」即是指代銅鏡。多年前的一部描寫舞者與神奇紅舞鞋的老片子，英文名「The Red Shoes」，直譯的話，不過是紅鞋的意思，不知被哪位高手翻譯成《紅菱豔》，形意神兼備。記憶中的故事已經模糊，我這容易被文字蠱惑的人，再也沒有忘記這個名字。

醬醃蘿蔔

去本幫飯館吃飯，冷盤裡會得點醬醃蘿蔔。蘇浙匯的醬蘿蔔做得不錯，稍微偏甜一點點；老夜上海的呢，是中規中矩的上海本幫味道。海上阿叔的就比較得我心，鹹甜平衡得好，醃漬深淺適度，口感脆中帶點韌勁，這也可以算是一碟好的醬醃蘿蔔的標準。一次在香港的粵菜館子也吃到過一味醬醃蘿蔔，似乎穿插極淡的陳皮和茴香之類的香料味，不好意思向主廚打探，未得要領，只覺比本幫家常的醬醃蘿蔔味道更錯落有致，有粵菜精細恬淡的風範。

將蘿蔔去皮，切成兩、三毫米厚的半圓厚片，太薄沒有嚼勁。蘿蔔片先要用鹽捏一遍出水，涼拌黃瓜、爆醃小白菜、拌辣白菜都要有這道預醃的工序，這樣處理過的菜蔬去除了其中的輕微澀味，產生脆爽口感。預醃時如果只加鹽，味道比較單調，缺少層次感，我會在此時加適量的糖。這最初的一點糖決定了醬醃蘿蔔最後成菜時鹹味、甜味相輔相成的味覺基本結構，好比人的早期教育，一早要做定規矩方圓，後續的步驟中再怎麼補，也會事倍功半。

加了鹽和糖的蘿蔔片要充分拌勻，靜置三、四個小時；反覆濾乾滲出的水分，不建議用紗布包著絞乾，這樣會破壞蘿蔔片挺括的形狀，可以用廚房紙徹底吸乾蘿蔔片表面多餘的水分。醬油中加入白糖，按自己的口味，吃著玩呢，糖多點；要下飯呢，糖略少。可以適當加一點鮮醬油，不宜多，以保持醬蘿蔔拙樸清新的風味，拌勻，等糖完全溶解後倒入，淹沒蘿蔔片。以前的上海人節儉，不捨得放那麼多調料，把醬醃蘿蔔裝入一個密封瓶裡，時不時顛過去倒過來，麻煩是麻煩點，但蘿蔔片能均勻浸到醬料。這樣醃製一個晚上，醬醃蘿蔔可臻最佳狀態。

喜歡淺漬的，上述步驟不變，只須將預醃和醃製的時間減至四分之一，當日製作，當日即食。淺漬醬醃蘿蔔口感比較鮮嫩，甚至殘留一點未褪淨的青澀，是冬日裡可愛、調皮的味道。製作時間相對短，平常做得較多的，反而是這種淺漬的。

如果喜歡老道成熟口感和風味，不妨改製深醃的版本。預醃後，要攤開晾乾，晾至蘿蔔片輕微蜷縮起來，再加醬料醃製後，蘿蔔片會增加韌勁，香也深藏一些。

我喜歡吃蘿蔔，買一根長長胖胖的白蘿蔔回來，一碟菜做不了這麼多，總會切半段做醬醃蘿蔔。宴席上一桌大菜吃下來，也喜歡添一碗米飯，回過頭找冷盤裡的醬醃蘿蔔吃半碗飯，落胃得很。

有一個人肯定比我更愛醃蘿蔔，他跑遍全日本，尋訪偏遠山村、遠洋船、寺院甚至監獄食堂中的醃蘿蔔。他叫妹尾河童，他將日本飲食生活三大原點之一的醃蘿蔔寫成一本不可思議的書，親自繪製插圖，這本書叫作《邊走邊啃醃蘿蔔》。

慈姑

慈姑，也可以叫茨菰，是食物中的性格巨星，如同它的兩個名字一樣，不同的烹飪展現個性迥然的兩面。朋友看見我隨手寫的菜單——肉焐慈姑、蒸慈姑蘸蜜糖，問我為什麼同樣的東西用兩個不一樣的名字。我說：「不同的字代表的意思不一樣，味道也是不一樣的。」朋友怔半天說：「你們文人真是多事，不過給你這麼一說，好像有點道理。」

將五花肉切塊，燒熱鐵鍋，小火將肉塊表面炒至微黃收縮。將慈姑削皮，去頭尾，加水、黃酒和蔥、薑與五花肉同焐。至肉酥爛，加糖收汁出鍋。燒慈姑要「軋大道」，意思是要和油重的葷菜搭配。慈姑吸了肥油，變得滋潤，入口微澀的清苦味並沒減少，但已不覺得是吃苦頭，好像清貧人家的女子終於尋到疼愛她的好夫婿，貧寒身世皆是前塵，變得隱隱約約了。

慈姑脾氣孤高，和蔬菜根本合不來，不管與什麼蔬菜同燒，都會變得特別苦澀。不過，將慈姑刨出薄薄雪花片，和大張的鹹菜葉子一起燒成無油的清湯，如舊宣紙上一幅潑墨畫，恣意黑白，味道磊落，是冬天清爽的好湯。汪曾祺覺得慈姑鹹菜湯的「格」要比馬鈴薯鹹菜湯高，我想終究是多虧了醃菜那種被時間炮製的收斂和融通，才能兩下裡相安。

除此兩種，慈姑就只能「獨善其身」了。做慈姑菜，總是會多買幾隻，另外洗乾淨焐在半熟的米飯裡，等飯熟了，慈姑也熟了。奇怪的是慈姑味兒一點也不會跑進飯裡，倒是慈姑沾了一絲稻穀香。趁著燙，蘸綿白糖或者蜂蜜吃，是我很喜歡的簡單甜品。

蘇州人會得吃，以前有路邊攤主將慈姑切成片，入油鍋焐脆了，撒一點點細鹽和胡椒，用黃紙包著賣，過老酒和茶極佳。雖是油炸食物，味道雅氣，比洋貨薯片不知高妙多少。不過，慈姑是季節性水生植物，一年一季收穫，大概難以量產。

慈姑應市時間也就短短幾個禮拜，再吃又要一載。快要落市時，多買幾隻，養在透明的大水盂中，一朝長成，極有野趣。我絲毫沒有繼承家父蒔花弄草的「綠手指」天分，屋裡的植物總是一派沒精打采的樣子。唯獨慈姑，不用怎麼呵護照顧，自顧自蓬勃生長，永不讓我失望。它抽出細長優美的枝子，葉子打開，如燕尾，故慈姑亦名燕尾草。

金瓜

金瓜，是崇明最特別的風物，別的地方沒有。崇明是上海的離島，跨海大橋通車以前，兩地往來要坐好幾個小時的輪船，頗辛苦。崇明的特產，像毛蟹、甜蘆粟、老白酒之類，不值什麼錢，吃的是個稀罕。現在交通方便了，這些東西超市就有得賣，也就不稀奇了。只有金瓜一樣，還是非常少見。

蔥油金瓜絲、海蜇金瓜絲、蘿蔔絲拌金瓜都是爽口而美味的冷盆。金瓜除了拌絲，好像沒有第二種做法，是一種有個性的食物。但金瓜絲是怎麼來的呢？沒吃過的人會想當然地認為那是金瓜切出來的絲。李碧華在她的一篇寫食小文中也說，吃到一種南瓜絲，和平常所吃南瓜的軟糯不同，這種南瓜是脆脆的，並且讚歎了一下廚師的刀工，竟然可以將南瓜切成這樣細長均勻的絲縷。

我猜她吃的就是金瓜。南瓜很難處理成爽脆的口感，切成這樣細長的絲縷更不易。不過金瓜可以，金瓜的絲不用切，是刮出來的。

金瓜色澤淡金，表皮光滑，長圓形，瓜身比成人兩個虎口圍起來還要粗一些。切一寸半厚的一塊金瓜下來，去掉瓜子、瓜瓤的部分，連皮放在開水裡煮。煮金瓜的時間很有講究，煮得不夠，刮不出絲，煮過頭了就不脆。金瓜不脆就不好吃了，真的還不如吃南瓜呢。所以煮至五、六分鐘的時候，就要用筷子撥一下瓜肉的部分，如果出現一縷縷的絲，就可以撈出來，並馬上將金瓜浸在冷水裡。如果任其自然冷卻，口感會差很多。

等金瓜在水裡完全冷卻了，接著用一雙筷子，或者薄口的勺子，在瓜肉的地方輕輕一刮，金瓜絲就這樣刮出來了，晶瑩、均勻、金絲繚繞、纏綿不盡的樣子，非常好看。

往金瓜絲裡加一點細鹽、一點糖，捏一捏，靜置十幾分鐘，控去多餘水分，淋事先熬好的蔥油，就是最簡單的蔥油金瓜絲。餐桌上再見到這道冷菜，莫要誤認是廚藝高明的廚師切出來的南瓜絲。

以前上海的郊縣，每個都有自己精彩、特別的物產，比如嘉定馬陸的葡萄、松江的老來青大米、南匯的水蜜桃和棉花，奉賢的黃桃、玫瑰腐乳。一方水土養一方人，風物即是故鄉。

甜羹湯

小時候家裡幾乎天天晚上都有一鍋甜羹湯：春秋天的紅棗白木耳、芝麻糊、酒釀水潽蛋、冰糖蓮子茶，夏天綠豆湯、百合湯從來不斷，冬天是桂花赤豆年糕湯和加了大西米的水果羹。臘八燒臘八粥，規規矩矩八樣乾果一樣也不少，有偷懶的鄰居，都來我家舀一碗過臘八節。不知在哪裡看來，說在樹根處澆一勺臘八粥，樹木會一整年都會鬱鬱蔥蘢。於是在臘八夜裡，我悄悄給院子正中間的那棵梨樹餵上了一勺。待那棵梨樹花雨漫天的時候，我在樹下思忖是否是這甜羹的緣故。

所以，直到現在，一餐飯下來，還是喜歡點一個甜羹收收口，不然總覺缺點什麼。這種口味習慣，都是小時候養成的。

當時並不像現在這樣有那麼多選擇，現在廣東糖水店的世面，一本功能表上糖水琳琅滿目，很討小女孩子的歡心。在最熱門的糖水店，甚至只能買了打包站在店門口吃。三、五塊番薯加一小碗番薯糖水，要賣到十幾塊錢。我有點詫異，現在的女子連這樣簡單的糖水也不願意親手操弄了嗎？

番薯糖水，上海人叫山芋湯，最簡單粗廉的糖水，我常常做著吃。選紅芯或者黃芯番薯做，栗子山芋香且粉，但是太實，兩塊下去就悶住了，不足取。上海人做的山芋湯是將番薯切成中等大小的滾刀塊，加水和冰糖煮就是了。我喜歡額外加厚厚兩片生薑一起煮。薑味襯著番薯土土的味道，非常出彩。加生薑是跟老房子隔壁的福建阿姨學來的。她會用黃芯番薯加糯米粉揉上勁，裹一粒黃糖做成圓子，下在加了南薑的糖水中。這粗食細作的圓子，番薯和糯米粉的比例很難拿捏，做得好，又滑又彈，用南薑的香味提一提，山芋茁實的味道變得通透。

現在不太做了的是水果羹，要說這道甜羹，實在是上海人物質匱乏時期生活智慧的代表作。水果的品種不多，賣相也常常不盡如人意，香蕉、蘋果有時甚至已經熟過了頭。那麼就把這樣的香蕉、蘋果、梨削去了皮，細細剔除腐壞的部分，切成丁。橘子呢，去核去筋。考究點的會把橘瓣的內膜也一併去掉，就不會有一絲苦味。做水果羹，還需要這樣過熟的水果才好，因其少酸味。另一樣不能缺少的，是罐頭糖水鳳梨。那時候買不到新鮮鳳梨，水果羹裡總是放梅林廠的罐頭糖水鳳梨。即使到今天，天南地北各種新鮮水果都不再是稀罕物，可要是做水果羹放了新鮮鳳梨，上海人是不會領情的，非要用罐頭鳳梨——梅林的。

有了這樣四、五樣水果，還要放一點大西米。大西米不是米，是麥澱粉和玉米粉混合製成的黃豆大顆粒，水發過夜後備用。一鍋水加糖煮開，下大西米煮至透明，然後放入切成丁的各樣水果並煮開，勾薄芡即可。手邊要是有金橘或者柳丁，剝一些皮下來，切成極細的絲撒在水果羹上。深深淺淺的黃白色水果丁，金紅的橙皮一絲絲散開在透明的甜羹裡，好看。過年的時候，水果羹裡的大西米常常換成年糕丁，一樣好吃。

南方的冬天，室內也如冰窖一般冷，誰也想不起來碰冷冰冰的新鮮水果。何不做一鍋水果羹，熱熱地吃兩碗，抱一隻特大號熱水袋，去被頭筒裡焐著做甜夢？

荷包蛋

我的前老闆是個有點文化的小土豪，住上海新天地旁的豪宅頂樓。有時候，他在家裡召集我們開個長會，中午就在他家吃便飯。住這樣的地方，家裡自然是不好意思不裝修得美輪美奐。餐廳裡也是金碧輝煌，一桌小菜每每十分家常，看著覺得順眼，而且每次都會做一個醬油荷包蛋，味道相當正。見我搛起第二個，我老闆說阿姨燒的荷包蛋都是他手把手指導的，每次有這道菜，也是他安排的。得到我的認可，他很得意，像個小孩子，所以我也有點喜歡這個人。

醬油荷包蛋這種菜現在真的不大有人家正兒八經端出來。好像在這個美食氾濫的年代裡，它已經被不知不覺降了級，不能算一道菜了。從前上海人家裡，到吃飯時候突然來了人客，是讓人尷尬的一件事。家裡的小菜分量都是按人頭算好的，有時候主婦沒有安排什麼扎實的大葷菜，那真是萬分沒面子的。又不像現在，可以分分鐘跑去隔壁的燒臘店切半隻燒鴨，或者乾脆去餐館吃一頓，省了多少手腳。那時候碰到這種突發狀況，就只好添一隻醬油荷包蛋了。雖然算一道葷菜有點勉強，但待客的心意是到了。

那種圓圓的西式煎蛋不是荷包蛋，充其量只能叫煎蛋。麵攤上澆頭裡的荷包蛋多數是這種，濫竽充數。荷包蛋，顧名思義要像一隻荷包，在蛋白半凝結的時候用鑊刀兜起半邊，將蛋黃裹起來，形狀如同一隻鼓鼓囊囊裝滿了銀子的半月形小荷包。製作這樣的荷包蛋，西式平底煎鍋是難以勝任的，中式鐵鍋的雙曲線鍋底才能比較順利地完成荷包蛋的折疊和收口。用煎蛋能不能做醬油蛋呢？也是可以的，不過一面蛋白和雙面蛋白在口感的層次上肯定有差別。

煎荷包蛋用大火，蛋白的邊緣已經起焦，蛋黃中間還有一點點溏心最佳。這麼煎個五、六隻，一起放入鍋中，加水，加醬油、幾滴紹酒，加蔥薑和糖，小火燜煮一會兒收汁。這完全是葷菜的基本調味方法。有人說：「姐姐，你怎麼一個荷包蛋都燒得這麼好吃？」其實是薑片和紹興黃酒的功勞，不是什麼稀奇的秘密。

飯館裡是吃不到這種菜的。不過黃河路的家常菜館有一道菜裡也有荷包蛋，叫作辣椒炒荷包蛋。荷包蛋煎得老一點，切塊，和青辣椒塊一起炒，好吃，下飯。第一次看到這個菜名就覺得好特別，燒法也實在奇突。後來聽說這一類菜在上海有個專門的分類，叫作「模子菜*」。什麼叫「模子菜」呢？老波頭寫過了，去找他的書來看吧。

---

*模子菜：不拘章法，沒有出處，更沒有嚴格流派背景的菜。

酒心巧克力

有人說，回想從前的吃食，都覺得比現在的味道好，那是因為小時候吃的東西少，什麼都覺得有滋有味。

我同意我們始終對某些食物保持著美好的味覺記憶，確實是緣於彼時物質資源的匱乏和對時間流逝的感懷。比如現在很少見的「老虎腳爪」，這種粗糙至極的麵食，用黑麵粉加一點糖精在爐膛裡烘得微焦，有點粗麥香，糖精的味道非常詭異。做體力活兒的，在寒冬的下午吃上一隻，可以擋餓。要把它算在點心裡，實在有點勉強。物質豐富了，這樣的吃食被淘汰是很自然的事情，但依然有懷舊的人在上海的大街小巷尋覓「老虎腳爪」的芳蹤，或者津津樂道「老虎腳爪」的美味，讓旁聽者誤以為這真是一種比現在什麼西點麵包都好吃的東西，其實這都是記憶的捉弄。

但有一些不是。我無意誇耀自己從小吃得好，像我這樣一名獨生女，父母格外寵愛一些也是有的。外家家在淮海路，周邊到處都是優質的飯店食肆、食品店，可算是投胎在好吃食的溫柔富貴鄉，吃到過真正的好東西，也無非是機緣，比如野味香的糟貨和醬麻雀、江夏點心店的豆皮與生煎、天津館的小肉饅頭、北萬馨的重油菜包、上海食品廠的奶油鹹棍、國泰隔壁紙袋包的鴨胗乾、老大昌的公子酥。我看見現在老大昌仍然在賣公子酥，寫成「公主酥」，名字都顛三倒四，味道也就可想而知了。

還有我十分懷戀的酒心巧克力。

酒心巧克力裝在一隻細巧狹長的盒子裡，推出裡面的盒子，有八粒包在各種顏色錫紙裡的酒心巧克力。確切地說是「八瓶」，因為它們都被做成小酒瓶的模樣，一本正經地貼著酒標，趣致可愛。八瓶酒分別是茅臺、汾酒、五糧液、竹葉青、白蘭地、葡萄酒，還有兩種，記不得了，或許是我記錯了，原本就只有六種？

所選的這幾種醬香型中國名酒味道濃醇、沁人心脾，配著外層的黑巧克力，比葡萄酒或白蘭地更拔香氣。中間有一層砂糖的硬殼，既適當緩衝了酒的勁道和黑巧克力的微苦，又能保證巧克力不易融化。三種食材的配比恰到好處，又相互烘托激發，是食客而非普通工匠的味覺品味，製作時才會運用如此細緻周到的技藝。在行家處得知，酒心巧克力的這一層糖，是在糖漿裡加入了烈酒，當糖析出結晶之後再包一層巧克力，工藝難度很高，成品率極低。後來也吃過一種沒有中間這層砂糖的酒心巧克力，少了這一層，巧克力外殼勢必要做得比較厚，酒的比例被減小，且沒有了味道和咀嚼上的緩衝與層次，差了許多。這樣自然也難以塑造成小酒瓶的模樣，一般就做成球形，在一個孩童的眼中，又少了許多玩賞的小樂趣。

在我的孩提時代，巧克力屬於非常奢侈的零食，更何況是這種酒心巧克力。每得了一盒，我總會很好地規劃享用它們的時間表，一天「一瓶」，從我比較不欣賞的葡萄酒開始，最後才輪到汾酒。對，我是那種從一顆最酸的葡萄開始吃的孩子。

後來，和上面所提及的很多食物一樣，酒心巧克力莫名其妙就停產了，等到它重現江湖的時候，已經完全不是原來的味道。

在歐洲旅行的時候，經常可以看到各種各樣的酒心巧克力。如果你在阿姆斯特丹的機場商店裡溜達一下，一定可以發現無數包裝更精美、種類更多的酒心巧克力。我幾乎試過它們中的每一種，最終可以肯定的是，作為一種歐洲舶來品，老上海的酒心巧克力比它的原產地出品更高明、更美味。這個評價純粹關乎味道，與懷舊或者物質的豐儉一點關係也沒有。

酒釀明蝦

從前明蝦不算貴貨。我常聽媽媽説，竹筍上市的時候，明蝦最壯，背後有一根紅色的蝦黃，這時候燒油燜明蝦就不能開背了，那樣蝦黃都要漏光，要將明蝦剪成一段段，和過了油的竹筍一道加醬油和糖油燜一下，一燒一大碗，紅豔豔的湯汁泡飯，好吃極了。

明蝦味鮮甜，肉質飽滿，吃起來很過癮，曬成乾鮮味反而不及一些小海蝦，所以還是儘量吃新鮮的。油燜明蝦或者明蝦燜竹筍做起來沒什麼難度，是人人都可以做的家常菜。如果請客，就可以燒一道複雜點的酒釀明蝦。

那天去汪姐那兒吃私房菜，一路聞著桂花香，就想：「桂花香到了，可以吃明蝦了呢！」結果心想事成，晚上果然有這一道。而且汪姐不吝賜教，讓我進廚房在灶台旁看了整個製作過程。

將明蝦從背部開一刀。明蝦肉厚，或是切段，或是開背，都是為了容易入味，少有用明蝦原樣燒煮的。新鮮的明蝦腥味不重，不需要加料酒之類的調料醃製去腥。在中等溫度的油鍋中將明蝦過油，至明蝦皮略發硬定形，盛出待用。

酒釀明蝦是在乾燒的基礎上，再加入甜酒釀的複合味菜肴。用煎明蝦的底油煸香蒜末，倒入番茄醬，煸炒至紅亮，這時可以加一些肉糜增香，再加入少許醬油，加香醋繼續翻炒醬汁，加入適量辣醬，這時的醬汁香氣已經非常豐富，但還不夠濃稠，需要加入大量的糖。看汪姐做菜是一種享受。汪姐往菜裡加糖的時候是不用調味勺的，而是直接端著糖罐往鍋裡倒，沒有任何猶豫，一次就能加準需要的量。這個極具觀賞性的動作能夠讓人深深感受到汪姐對自己烹調技藝的自信。你也能在汪姐出品的每一道菜肴中品嘗出這種自信，使每一道菜個性突出，旗幟鮮明。

這時醋已經在加熱過程中揮發了一些，可以再補一點醋，最後加入幾勺甜酒釀炒勻；將明蝦倒入醬汁中，小火中翻動均勻，油汪汪，紅亮亮，色澤誘人，帶著酒釀特殊甜香的明蝦就可以出鍋了。

酒釀明蝦很多餐廳都做。梅龍鎮的酒釀明蝦也很有名。據說以前榮家在梅龍鎮點酒釀明蝦，必定要將醬汁拿下去炒一盤雞蛋上來。富豪們的日子不是我們所能想像的，用一盆明蝦醬汁炒的雞蛋也只能讓我們管窺他們的日常生活之一斑。人生一旦發達便可以豆漿買兩碗，喝一碗倒一碗，這樣的場景，只是窮小子們的糊塗想頭罷了。

酒釀明蝦的醬汁一滴也不可以浪費，將米飯煮得粒粒分明，熱騰騰地淋上一點這個醬汁。滿滿一大口十分滿足，想起汪姐教我的時候再三叮囑的味道重點：小酸、小甜、小辣，三味平衡。是否要將這小秘訣公之於眾呢？這讓我猶豫了很久，也徵求了汪姐的同意。不過話說回來，現在各種菜譜秘笈多了去了，真要學到汪姐的心法、手勢，又哪是在旁邊學個一招半式，或者讀兩遍我的文章就能做到的呢！

黃漿

黃漿，本幫家常菜，沒啥稀奇，但是正宗的做法竟也失傳了。老牌子本幫飯店的功能表上就有這一道，大家覺得有意思，點上桌來一看，就曉得不對。

準備手工剁的肉糜，加鹽、料酒、蔥、薑末拌勻，起勁。百葉一張，用淡鹼水煮軟。豆腐衣一張，用溫水泡軟，去掉硬邊部分。百葉和豆腐衣都要切成適當長寬的三角形。一張三角形的豆腐衣上，鋪上一層同樣三角形的百葉，再放肉餡。捲起，收口處可用一些澱粉黏牢。成品形狀與普通百葉包或者豆腐衣包並無二致。這就是所謂的黃漿。黃漿之所以得名，有一說是因為形似黃雀，而黃雀和黃漿在江南方言中發音相似，我看來看去，並不覺得黃漿包和黃雀像在哪裡。這筆賬糊塗得很，不追究也罷。但是黃漿雖然和百葉包、豆腐衣包長得一樣，卻因為裡外兩層不同豆製品皮的微妙差異而形成口感上的錯綜，細細品味，比單獨用百葉或者豆腐衣細膩精緻得多。外層滑而微韌，裡層軟糯，又因為是用三角皮包的，餡料比例較大，口感飽滿。

起油鍋，至油溫七、八成，推入黃漿包，炸至黃漿表面呈金黃色，豆腐衣略微脆硬時盛出。另起油鍋，下炸好的黃漿加醬油、料酒、糖和清肉湯，煨至入味即可。考究點，可以另煸一點冬筍、木耳，一起煨透裝盆，色紅亮，味厚而不滯，酒飯皆宜。

中國人的豆製品千變萬化，同一種豆製品，採用不同的形狀和處理方法，又可以變幻出豐富多樣的口感和味道。把大家常吃的百葉拿來燒紅燒肉或者放醃篤鮮湯，就一定要打一個鉸鏈狀的花結，稱為百葉結，做這個百葉結的手勢，可不是人人都會，隨便打個結，或者打得不夠緊緻，口味可就要差得多了。黃漿最大的亮點也就在於兩層不同豆製品皮子的搭配，這是很精巧的構思。

那家飯館做的黃漿只用了豆腐衣，完全失去了黃漿的精髓，而且就這樣一只只光禿禿地上桌，並無木耳、冬筍點綴，絲毫不講究，實在令人失望。

表嫂會做一種素齋的黃漿，工藝完全相同，只是餡料改用冬筍、香菇、木耳、薺菜、香乾、豆芽，加鹽、糖、麻油調味，其味清雋雅致，又十分配飯。和肉餡的比另有一功，我極愛，仿照著做了，和表嫂的手勢比，始終差那麼一點點。

中秋的吃食

中國人的每一個節日永遠跟某種特定的吃食相關聯。中秋節除了月餅，江南講究要吃另外四樣東西——芋艿、毛豆、鴨子和梨，都是當令食物，大部分人家隨意買一些應景，要是認真計較，每樣東西都大有講究。

芋艿分紅梗、白梗，上海人偏愛紅梗芋艿，口感軟糯，芋香濃，所以現在菜市場小販大部分都懂得賣紅梗芋艿，把芋艿梗削去一段皮，露出淺粉色的梗子吸引顧客。知味的食客又從中挑選子芋，和滾圓的母芋相比，子芋長圓形，表皮沒有結籽後留下的疤痕。紅梗子芋燒老鴨湯、蔥油芋艿、桂花糖芋艿，口感尤其嫩、軟糯。寧波是奉化芋艿中的佳品，所謂「走過三江六碼頭，吃過奉化芋艿頭」，吃過奉化芋艿，是見過大世面的意思。奉化芋艿也是蔣介石先生念念不忘的故鄉美食。

一整個夏天的小菜，少不了用毛豆點綴，中秋前後，江南最好的毛豆品種「牛踏扁」姍姍來遲。「牛踏扁」其貌不揚，外殼不是鮮亮的綠色，有點枯黃色，豆莢也不飽滿，反而扁塌塌，像被老牛踏過一腳，和其他品種的毛豆放在一起，簡直會有點自慚形穢。但「牛踏扁」的味道實在驚豔，又香，又酥，又糯。中秋家宴上的毛豆如果是「牛踏扁」，我一定會特別關照一句：「今天是『牛踏扁』喲。」好似提醒大家注意有名角要出演大戲。

秋梨當然是水果中的主力，上海人過中秋，喜歡吃碭山梨。和「牛踏扁」一樣，碭山梨也是心裡美的典範，其表皮黃綠色，帶褐色小斑點，觸手略粗糙。一隻大的碭山梨可以有小毛頭腦袋那麼大，最小的也比成年男性的拳頭大出許多。就是這樣一個看似粗頭笨腦的傢伙，果肉卻是水靈靈的牙黃色，極其細嫩甘甜，梨亦分公母，母梨尤其細膩多汁。

鴨子是中秋家宴的重頭戲，懶惰的主婦，煮一鍋老鴨芋艿毛豆湯，三樣東西都點到了，也是一鍋好湯，不失為偷懶的好辦法。我總要做一隻本幫醬鴨，好在有假期，自己做雖然費時費力，但和中秋節當天去光明邨、陸稿薦之類名店的熟食窗口排長隊相比，其實也差不了多少。

紹興麻鴨如其名，灰白的毛色，帶漂亮的小麻點。紹興出酒，製酒剩下的酒糟所餵養的麻鴨肉質特別肥嫩鮮美。鴨子和雞相反，母鴨雖然皮下脂肪厚實，肉卻不如公鴨來得細膩緊實，母鴨略微走油後篤湯尚可，做醬鴨最好選公鴨，而且越老越值錢。我問了許多人，都不明白其中緣故，只知道以前光明邨、陸稿薦做醬鴨都是選用這樣的老公鴨。

選四斤上下麻鴨一隻，褪毛洗淨，於鴨身、內膛均勻抹上一層細鹽，掛在通風處風乾一、兩個小時，一使入味，二使鴨皮收縮，鴨肉緊緻。然後用醬油、料酒、少許糖調汁醃製，醃製的兩、三個小時裡，要將鴨子反覆翻面，保證色面和入味的均勻。用七、八粒茴香、兩段桂皮、幾個丁香做一只香料包，生薑一大塊，蔥結一隻，加料酒和醬油，下醃好的鴨子，加水沒過三分之二鴨身，中小火煮至筷子能戳通鴨身肉，但不能戳通鴨腿肉時，下冰糖小火煨二十分鐘。

這時，整個醬鴨製作中最麻煩的程式開始了——稠汁。由於一般人家最大的鍋子不過是炒菜的鐵鍋，四斤重的整隻鴨子放在弧形鍋底的炒鍋裡，其實是架在鍋子中間，底部是懸空的。這就要不停地用鏟勺舀起汁水，均勻地澆整個鴨身。火要極小，但要始終保持緩緩沸騰的狀態，溫度太低無法入味。這樣澆大概要勻速持續半個多小時，直至汁水基本掛上整個鴨身，只餘一小碟濃稠的醬料備用。不能急，否則必定不能入味，而且還會把醬汁熬焦。燒醬鴨並不需要很大的悟性，但需要極大的耐性。

等醬鴨冷透，就可以斬件上桌了。醬料可以淋在醬鴨上，光亮、濃稠、甜香，咬一口鴨肉，吃一口沾滿了黏醬料的熱米飯，中秋的氣氛才正從唇齒間彌漫開來。

第二章　肺腑之愛

梅香羊肉

這裡的梅香，是指酸梅之香。

在所有的味道中，酸味是最不好拿捏的一種，其他幾味略過或者不到一點，都問題不大，唯獨酸味一定要恰到好處，不能差一點點。比如上海菜基本款之糖醋小排，製作上難度不高，但味道要做到甜中帶酸、酸甜平衡，不是容易事。太多餐廳出品的就是個稍微甜一點的醬排骨加點醋意思意思，酸味遠遠未到它應有的分量。酸味唱主角的西湖醋魚，需要一點糖和醬油弱化酸味的凌厲，一旦壓過醋的主角地位，就變成糖醋魚，失去清鮮本意。

酸是個非常微妙的味道。濃油赤醬的本幫菜中加一點醋，有時能讓整道菜煥然一新。某家本幫老店的紅燒鮰魚就是在調味料中加了一點點醋，提升原本厚重黏膩的味道，十分精彩。而同樣是這家店的草頭圈子，也加了那麼一點點醋，就令人覺得突兀。大概是後廚偷懶，用了同一個調味汁。可見酸味用得好是點睛，反之則是蛇足。

過年後清理冰箱，發現居然還有一大塊五花羊腩的存貨。雖然凍了多月，但依舊層次分明，肉色鮮紅，膘十分肥厚，是塊漂亮的羊肉。可是我還是有點擔心，上海人講究吃熱氣羊肉，不能冷凍過，因為會縮水，影響口感，也更容易有腥膻味。

再說畢竟在春天，燒本幫的冰糖羊肉也嫌味厚。

好友送的酸梅，一直不知怎麼用。這天突然來了靈感，何不試試放在羊肉裡？將羊肉切塊洗淨，放在水中煮至熟透。撈出將表面晾乾，燒熱鐵鍋，將肉塊放入，不斷翻動，很快羊肉表面就泛起金黃色，香味開始騰起，充分完成梅納反應（Maillard reaction）。用鍋底的羊油煸香大蔥段。

烹煮羊肉的料的步驟和冰糖羊肉基本是一樣的。只是我在調料中另加了兩粒酸梅和兩小塊陳皮。第一次用酸梅時，心裡沒數，只覺得滿屋的香氣裡面混合著揮之不去的果香，非常迷人。

將羊肉燒至七、八分，準備加醬油和糖進行最後的調味。我舀了一點湯汁一嘗，沒想到這小小兩粒酸梅力道那麼大，整鍋湯竟然都是酸的了。難怪朋友囑咐我：「家製的潮州酸梅是很厲害的。」我不由得有點慌了神，既然酸味那麼濃，放醬油與糖勢必也不能手軟。我落重手，梅子的酸味終於退居幕後。最後收汁時放入煸香的大蔥段。

成品出乎我意料地好，濃郁不失清新甜美，梅子酸香長驅直入，直達羊肉深處，卻又酸得非常柔和、有分寸，好像羊肉在春天裡就該是這個樣子。潮州人擅用各種乾鮮水果當作酸味來源對菜品調味，果然有點道理。只是市售的話梅是否能有同樣功力，我可沒什麼把握。

羊肉還燉在鍋裡，朋友順路造訪。她是從不吃羊肉的，尋香進廚房，忍不住夾了一小塊嘗嘗，不料就此一發不可收拾。一鍋靈感偶得的梅香羊肉征服了一個不吃羊肉的人。我鄭重其事地將一小罐酸梅收存妥當，像女巫在百寶盒中藏好她的靈丹一樣。

肉皮凍

在這個快速消費的時代，我是個落伍的人，很惜物，東西不壞不捨得扔。尤其是食物，更見不得浪費，響油鱔絲吃剩一個底，加半碗油，放塊嫩豆腐進去滾一滾，或者炒一把綠豆芽，十分好吃。如蒸鹹肉、南風蹄，把骨頭拆出來正好燒一隻鹹肉骨頭芥菜煲。做魚片片出的魚骨架、掐蝦仁剩的蝦殼蝦腦、鱔魚劃剩下的鱔骨都可以炸一炸熬湯，和黃豆芽、蘑菇根一起吊上半個鐘頭，不知比市售的速食濃湯強了多少。

夏天的時候吃西瓜，一家人吃了瓜後，有心的主婦將瓜子曬乾攢起來過年炒奶油瓜子；將那種口感脆脆的瓜皮削去深綠色外皮，切成條，加鹽曝醃過夜，盛在小白瓷碟上，一抹翠色，滴幾滴麻油，過泡飯極其爽口。鳥語蟬鳴，納涼的老人用晾乾的西瓜外皮泡茶喝，中醫稱之「西瓜翠衣」，聽著已生涼意。這樣一個西瓜裡裡外外物盡其用，食盡其美，在我看來已經不僅是節儉的秉性，而是近乎藝術般的生活情趣。

朋友送來兩塊浙江兩頭烏（金華豬）的好豬肉，好肉不用嘗到嘴裡才知道，上手切一刀已感覺到一股柔膩糯勁。所謂好肉黏刀，因為其纖維中富含脂肪，或炒或燉無不肉香暄騰，剩下一小張豬皮，捏在手上同樣細膩、滋潤、柔軟，不捨得丟棄。浙江兩頭烏是我吃過最好的豬肉品種，以前每到過年，義烏大伯就會帶兩隻豬腿、一扇肋條給上海的親戚分享。現在實不易得，尋常豬皮也罷了，這兩頭烏的豬皮不如好好炮製個肉皮凍。

蔥薑水加黃酒煮沸，下豬皮略煮出油花，取出，用小刀刮淨附著在豬皮上的豬油。有人覺得將豬油盡去很不容易，其實留一點豬油同熬不是壞事，浮油稍後還能處理。適量水重新加蔥、薑、酒、幾粒茴香、一小段桂皮，香葉一定要有，因其有奇香，只加一片味道便通透有靈氣。將豬皮整塊小火熬煮，至筷子可以戳通，加醬油和糖調味。撇去湯中香料渣滓，撈出豬皮晾涼，切成小寬條，和汁水一起倒入容器中，可以是一隻碗、盤子或飯盒。待皮凍冷卻凝結，如果還有浮油，可以在這時刮除，用利刀切厚片裝盆，也可以利用製冰的模具做出花朵或者星星的形狀，像一顆顆琥珀色夾著淡白皮花的花朵和星星。

竅門是從頭至尾都要用小火，大火煮湯容易渾，結出來的皮凍就沒有剔透的顏色；豬皮不要煮得太熟爛，要留一點嚼勁，和成凍的部分形成口感上的對比，食之有趣。

我還喜歡在煮的時候加一點泡發過的黃豆。黃豆富含異黃酮，肉皮膠質豐富。奉行減肥的表妹來我家坐，面對一桌子的小點心都忍著不動。我切一碟子黃豆豬皮凍，她倒配著菊滷吃個不停。為美容而貪嘴，非常理直氣壯。

小時候和媽媽一起在小餐館吃面，見同桌一個復員軍人模樣的北方大漢點了湯麵，又在熟食玻璃罩子下選了一碟肉皮凍。菜點上桌，大漢二話不說就將皮凍倒在滾燙的麵裡，用力攪和了兩下，媽媽剛要阻止，已經來不及，皮凍即刻融化，變成一碗不尷不尬的肉皮陽春麵。大漢氣得找服務員理論：「這算什麼菜，怎麼什麼都沒有了啊?!」一旁的我瞠目結舌，想笑又不敢笑，倒是媽媽幫著耐心解釋了半天。真實故事，絕非杜撰，這讓我很長時間都誤以為只有江南人士懂得吃肉皮凍。其實，肉皮凍是很簡單的料理，所費無多，需要的只是巧思和惜物之心。

蘇式爆魚和本幫燻魚

不知從什麼時候開始，上海的各家菜市場裡總會有一個賣燻魚的攤子。一邊，一條條活殺的青魚被開膛剖肚、剔腸去鱗，切成厚片，在水中馬馬虎虎蕩一蕩；另一邊，翻滾的大油鍋將魚片炸一下，趁熱丟進一缸滷汁醃料中。稍候片刻，旁邊等著偷懶省事的主婦們就可以打包回家享用。不過終究是粗鄙貨，要麼炸過頭，要麼味道吃不進，不如家製的考究。

蘇式爆魚就是這樣先炸後醃的工藝。醃料其實非常簡單，無非用醬油、生薑和冰糖，最多加一粒茴香。有人覺得做魚總要用酒殺腥，其實活殺的青魚一點腥氣也無，完全不須用到料酒。倒是再好的青魚也會有點泥土氣，與料酒無關，是要用糖來掩的。蘇州人擅用糖，蘇式爆魚是一例。加糖絕不能手軟，基本要加到糖在醃料中無法再溶解為止。醃料要足夠冷，最好先冰一冰，將魚塊炸透，立刻浸入冰冷的醃料中。這時，可聽到輕微美妙的劈啪聲，那是魚塊因驟變的溫差收縮爆裂的聲音，魚也因此收縮，迅速入味，所以蘇式爆魚有個「爆」字，非常形象。蘇式爆魚以甜味勝，吊鮮祛泥土氣，真正甜而不膩、甜而不妖。

本幫燻魚當然也不是燻出來的，是先醃後炸再醃，比蘇式爆魚的工藝複雜一些。我喜歡選青魚肚檔的部分，做出來的燻魚是一只只瘦長的馬蹄形，賣相極佳，且不會有細碎的斷骨之擾。

製作時先要將青魚加醬油和糖醃製四個小時以上，這時必須加一點糖，是確定燻魚味道的層次和基調，不使醬油之味獨斷專行。同時調製一個醃料備用，這個醃料和做蘇式爆魚一樣，要加大量的糖，務必使醬油的鹹味和糖的甜味分庭抗禮、不分伯仲才行。

在陰涼處晾乾魚片的表面。起大油鍋，油溫八分左右汆炸定型。因醃料裡有冰糖，糖經高溫會發黑，所以本幫燻魚做出來黑乎乎的，像被煙燻過，也算實至名歸。待魚塊冷卻後用大火複炸一次，滾燙的炸魚立刻浸入預製的醃料裡，魚肉收縮，吃透湯汁，即可撈出。本幫燻魚外層味濃、香甜、微脆，中間是轉折的鹹鮮味，最裡面的魚肉仍是白色的，保持了青魚肉的原味和肉質的鮮活彈性，表裡不一，俱美。我覺得它比蘇式爆魚更高一籌。

有家餐廳號稱燻魚配方是新中國成立前用一根金條問名廚買來的，還是賣了交情。我願意相信傳奇，只是外婆、媽媽從來不過是用這幾樣調弄燻魚，幾十年吃下來也就是這個味道，想不出會有什麼神秘的配料是必須加在燻魚裡的。

燻魚是家常菜，但也上得了檯面，是上海人家過年過節實惠又體面的一道冷盆。去本幫館子裡點菜，冷盆裡素的一道烤麩、葷的一道油爆蝦或者燻魚，基本可以試得出這家館子的段位。如果功能表上找不到這幾道，而你還是想吃本幫菜的，那麼不如換一家館子吧。

可愛的青魚

江浙一帶吃魚。靠海的溫州人、寧波人吃魚吃得多，帶魚、黃魚、鯧魚不稀奇，各種一般內地人認都認不出的海魚，寧波人吃得頭頭是道。江蘇一帶河魚吃得多，多數都是吃一些細巧的江鮮、河鮮。白絲魚、鱖魚算普通的，拿來清蒸就很好。刀魚、鰣魚也不太被當一回事。鮰魚白燒，塘鯉魚和蓴菜汆湯，風味清淡，吃的是時令鮮活。昂刺、河鯽魚、鯿魚就不太上檯面了。至於更粗一點的青魚、花鰱之類，蘇州人高興起來做個菊花青魚，揚州人高興起來做個拆燴魚頭，總之，都是粗菜細作的路數。

所以這些菜也都不算真正意義上的上海菜。一定要在魚類裡找個代表，大概還得算青魚。大的青魚，拎起來有半個人那麼長，不過如果有一個在上海的大家庭，主婦拎一整條魚回去，也是不怕的。

上海人吃青魚的花樣真是一個透啊。青魚中段燒肚檔、青魚尾巴燒甩水，也可以加上青魚的下巴肉，燒下巴甩水，這幾道在本幫館子裡算名菜。那麼大一個魚身，靠肚檔的部分，醃一醃、炸一炸，拿來做鮮甜香酥的本幫熏魚；背肉可以剔出來炒糟溜魚片，炒松子魚米，做瓜薑魚絲、茄汁魚塊。

這樣子，一條青魚就吃光了。那麼再來一條，反正青魚是上海菜場裡最不稀奇的魚，隨時能買到活蹦亂跳的一條。整個肚襠部分拿白酒擦淨了，加鹽和一點點生薑、花椒醃起來，放屋簷下晾乾，吃的時候加蔥、薑一蒸即可，肉會變得更細膩，且呈蒜瓣狀。杭州的糟青魚更入味，上海人也愛吃，不過多數是買來吃，不常於家庭製作。青魚尾部這次不燒甩水了，斬肉起茸，做青魚魚圓，打得嫩嫩的，加幾莖碧綠的豆苗放湯。

不僅魚身變化繁多，青魚的魚腸、魚肝、魚鱗也可以吃出花樣。冬天的青魚魚腸肥厚，濃油赤醬，紅燒收汁，魚腸鮮嫩，湯汁濃醇。不過如果你點菜説來一道青魚腸，那就是外行，這道冬令時菜名叫炒禿卷。如果是和青魚下巴、魚尾一起白燒加香糟入味，魚肉魚腸稠醇入味，就叫湯卷。將魚肝微微煎了，加冬筍片、高湯，燒得得法，出品色澤金黃，魚肝嫩如豬腦。不過，如今大部分店家的成品，魚肝燒得大部分如豬肝罷了。

雖然現在上海人在吃魚這件事上有太多的選擇，但我還是認為青魚和這些青魚做成的菜最像上海人的風格，既實惠又很懂得變通，誠心誠意過日子的樣子。

爛糊肉絲

小時候被父母帶去蘇州踏青，已經算遠行，比學校組織的郊遊有勁得多。小孩子貪新鮮，出門在外，一天始終興奮著，看過什麼風景其實一轉眼也就忘了，印象最深的是太湖船家友善乖巧的孩子那綴滿補丁的衣服和送我的兩隻裝在瓶子裡的小活蝦。還有，就是返滬前大人去新聚豐打包的一熱水瓶爛糊肉絲。一瓶爛糊肉絲在路上捂了一兩個小時，回家還是燙乎的，更加酥糯入味，燜一鍋新米飯，做爛糊肉絲蓋澆飯吃。

爛糊肉絲好吃，是江南最普通的家常菜。油鍋八成熱，下肉清湯和用芡粉、黃酒漿過的帶油豬肉絲，劃散；撈出肉絲，添油煸炒冬筍絲；待冬筍絲吃進油，放入肉絲和切成粗絲的黃芽菜，翻炒透，轉極小的火，加蓋燜上十幾分鐘，至菜梗酥爛，加鹽、少許糖和芡粉，勾至濃稠適度，淋後油，撒蔥花即可出鍋。

簡單至極的一道菜，嘴刁的食客非要跑那麼遠的路去蘇幫名店新聚豐吃，吃完還不算數，還得要用熱水瓶打包。這樣遠兜遠轉，當然是因為新聚豐的爛糊肉絲做得好。

首先一定要用黃芽菜，手邊一本《中國菜譜．上海卷》爛糊肉絲一條中，清清楚楚地寫的就是用黃芽菜。如果你看到哪本菜譜裡這道菜中用的是大白菜，那麼大可不必看下去了。黃芽菜是大白菜的一種，是白菜中的佼佼者。但大白菜不是黃芽菜，逆向不成立。和普通大白菜比，黃芽菜瘦長一些，中間有個不太明顯的腰身。黃芽菜表層的葉片並不是黃的，而是淺綠色，一層層剝開，顏色變成牙黃，葉子收得緊，在頂部彎成勺子樣。

品種差的白菜矮墩墩，色慘白，一股淡水氣，一炒一包水，毫無菜香，別說做爛糊肉絲，做湯、涼拌、醃、炒均不及格。形容東西廉價，叫作「白菜價」，說的就是這種菜。

北方也有好的白菜品種，天津的膠菜比黃芽菜長得還要修長勻稱，剝開菜心處，真如一支象牙那樣曲線優美。看知堂老人的散文，說膠菜在北方的水果店裡用紅繩吊著賣，格外珍而重之。膠菜，嬌菜也。

膠菜已經非常稀少，玉田白菜是北方較常見的好品種。整棵菜呈寶塔形，頂部非常尖細，一尺半長的一棵菜，葉子部分只有兩三寸，做芥末墩，口感脆生生的，俐落；做餃子餡，又香又嫩。玉田不愧是白菜之鄉，一定還有好品種，期待哪天有緣嘗到。

以前炒菜，都用粗榨的菜油，色面深，再怎麼熬也是一股菜籽生腥氣。有人聞不慣，我卻有點留戀。尤其是燒爛糊肉絲，用菜籽油燒出來，香得土氣，難得的質樸天真。偶然在超市看到居然有賣這種老式菜籽油，趕緊拎了一桶回去，專門為燒這一味爛糊肉絲。

家常菜，食材選擇不能苟且。爛糊肉絲考究起來也沒頭。黃芽菜要順絲切，就是順著黃芽菜的纖維，而不是和纖維垂直。這樣切出來的黃芽菜，會被捂得糯糯的，但菜的口感還在。筍絲要斜著切，這樣不容易斷，但也不要切得太細，否則沒有嚼頭。芡要包得稍微緊一點，稀湯寡水的就不靈了。出鍋前還要補一點後油，那當然是豬油啦，這樣才香。裝盤不要圖好看，而要考慮保持菜的溫度，拿個厚厚的藍邊大碗最合適。爛糊肉絲吃著燙口才好。

一碗好吃的爛糊肉絲，正確「打開方式」是這樣的：煮一鍋顆粒分明的新大米飯，熱熱地盛出來，澆上兩大勺熱熱的爛糊肉絲，就這麼熱熱的，大口大口吞下。所謂的爛糊肉絲蓋澆飯是也。

爛糊肉絲芡粉著得厚一點，調味淡一點，用來做春捲的餡子。金黃酥脆的春捲蘸一點浙醋，咬開，瓊漿如湧，燙了舌頭也不肯停箸啊。

炸八塊

炸八塊真的就是將一隻童子雞斬成八塊，或許有大卸八塊的意思也未可知。總之，雞塊不宜切得太小，以免炸時焦枯。先用醬油、料酒、生薑、蔥將雞塊醃製大半天。再起油鍋，中大火快炸雞塊，炸透出鍋，將醃製雞塊的部分作料倒入底油中用小火熬製，並用鏟刀輕輕攪拌，注意油的量一定要比作料的量略多一些。待作料在油裡不斷冒泡，可撇去蔥薑，加入適量的糖，將湯汁收緊。將炸好的雞塊再次倒入，翻一翻，確保每塊雞塊都充分蘸滿醬汁即可。

家祖母祖籍天津，炸八塊這道河南二百多年的名菜，也是她老人家的拿手菜。秋末之仔雞，緊緻、幼嫩，經醬油醃過，鹹鮮入味。甫出鍋，趁滾熱撕開雞肉，噴香四溢，光這股香味，已經可下一碗飯。

以前屋裡三代四口人，我是獨生女，寵是寵的，不過規矩還是要做。盯牢飯桌上一道小菜吃、翻揀盤子裡的菜，或者一雙筷子懸在菜碟子上猶豫不決，都是絕對不允許的動作。一盤炸八塊，一人勻著兩塊，大人先搛，然後輪到我，不會因為小孩子愛吃就都盡著我。

炸八塊最吸引人的還有盤子裡剩的那點油汁，並不是很多，只能覆著一個盤底罷了。這點油汁總是由爸爸在盛第二碗飯的時候做了蓋澆飯吃，還趁著米飯熱，撒一點細細的蔥花下去。小時候只想像這碗油亮亮的蓋澆飯一定是不知怎樣的好滋味，分一點嘗嘗的念頭從來沒有過，好東西歸長輩吃，理所當然。現在有時看到速食店裡長輩自己不捨得吃東西，在一邊笑眯眯看著孩子大快朵頤，我認為是不可想像，也不能認同的事情。

童子雞大補，一般加香菇火腿清蒸已是好味，偶爾換個做法，説不定家人開了胃口，會多添兩碗飯。

油墩子

老早辰光（早年），每逢霜葉荻花的時節，下午三、四點，賣油墩子的小攤開始陸續擺出來。小攤子香噴噴地擺在學校門口，等著放學時衝出教室餓慌了的孩子們；小攤子熱騰騰地擺在車站旁邊，等著候車時在冷風中瑟縮的歸人。

總是一個老頭兒，或者一個老太太，微駝著背，一副操勞半生的面容。小攤子由一個自製的鐵皮煤爐、一個帶滴油架的大鐵鍋組成，是一樁小得不能再小的營生。旁邊架子上是一臉盆蘿蔔絲和一小桶調了味的麵漿。蘿蔔絲刨得細細的，冰清玉潔的樣子，摻著細碎的蔥花，只加了一點鹽，以免蘿蔔絲的水分過多地滲出來。

老太太取出幾個奇怪的家什，是一種末端帶彎鉤的長柄，約一釐米半深的橢圓形小鐵勺，但它與一般呈瓢形的勺子不同，是像一個去了蓋子的馬口鐵小罐頭，邊底垂直。這是做油墩子所需的特殊模具，沒有名稱，廚具用品店也找不到其蹤跡，一般都是攤主自己打製的。

鐵勺過過油，舀入一些麵漿，攤勻在鐵勺底部，加滿蘿蔔絲，再在頂上淋一遍麵漿，就可推入油鍋煎炸，長柄末端的小鉤子鉤住鍋沿，老太太又可以騰出手來做第二個油墩子。很快，鍋邊掛了這麼五、六個長柄勺，按入油鍋時間的先後，泛出深深淺淺的金黃色，像高低不同的音符，發出些微的輕響。

這等待的時間，真是難耐啊，油炸麵粉濃烈的香味刺激著轆轆饑腸。將鐵勺一翻，已經成形的油墩子自然從模子中脫落，但還沒有好哪，老太太用一雙長竹筷耐心地撥弄著，油墩子就在油鍋裡懶洋洋地翻來翻去。終於，油墩子出鍋啦。捧著老太太發給你的兩張黃黃的來歷不明的紙，準備收貨啦，可這老太太硬是不肯馬上把瀝油架上的油墩子夾給你，只是憐愛地輕斥著：「讓伊冷一冷啊，太燙了，拿也拿不牢，現在就吃要燙煞忒來。」

最後，經常是沒耐性的顧客拈著紙自己抓起一個油墩子吃起來。剛咬開焦脆的麵皮，一股熱氣就噴薄而出，挾裹著蘿蔔絲和蔥花清甜的香，在晚秋的暮光中形成一大團白汽。你就這樣站在街邊心滿意足地吃著，忘記了老師罰你抄了一百遍的公式，或者忘記了沉重的公事包裡客戶挑剔著不肯通過的方案。

很久不見賣油墩子的小攤了。記得老房子旁邊一條街上有個小鋪子，一直還在賣瓶裝可可牛奶、茶葉蛋、滷蘭花豆腐乾和油墩子這樣古董級的吃食。如今這一區域商鋪租金騰貴，這家小鋪子大概也撐不下去了吧。

這種街邊小食自己在家裡做容易是容易，但沒有喧囂、流麗的街景做陪襯，總歸少了點趣味。好友淘得兩隻做油墩子的馬口鐵模子，約了來家裡做油墩子當下午茶點，特別提醒我買幾隻小一點的河蝦，我心領神會。考究點是要這樣的，在油墩子上擺一隻帶殼的小河蝦，經油一炸，頂上就開出一朵橘紅的小花。一朵溫暖的橘紅小花。

肺腑之愛

常常在菜攤旁邊聽到這樣的對白，顧客問：「這個草頭（苜蓿）嫩嗎？回去還要揀嗎？」老闆大著聲音打包票：「邪氣（很）嫩，一點不要揀！」我抬頭打量買菜的年輕女子，大概還未為人妻人母，大概還不太有機會體會愛於一蔬一飯中迂迴輾轉的深情。賣菜小販王婆賣瓜是生意人的本性，這菜還要不要揀，取決於你是做給誰吃。至親愛的人，你會覺得怎麼揀也不夠嫩，怎麼挑也不過分。

又好比包薺菜餛飩，野生薺菜香，可是虯結如麻，挑揀十分費工夫。大棚薺菜味道差一些，倒是一棵棵整潔乾淨。可他就愛吃這野菜的香啊，於是你的手便不由自主往野薺菜那邊伸過去。

最煩難的，莫過於清洗五臟六腑。杏仁白肺湯、豬肚雞、糯米灌腸、冬筍雞什件，雖然這些菜是那麼好吃，但見過食材原始樣子的人恐怕不多，更少有人親手處理這些食材。洗豬肺，要將豬肺綁在水龍頭上，勻速緩慢地用水流沖洗，一邊用手不停拍打，要將角角落落的血水完全沖洗乾淨，豬肺發白，才煲得出一碗毫無腥氣、濃白鮮潔的肺頭湯。收拾雞鴨什件也是麻煩，剖開比筆管還細小的雞腸子，將裡面附著的油一點點地清理乾淨，要有很大的耐心，所以現在市售的雞鴨血湯直接省了雞鴨腸，放兩片雞肝鴨胗充數。

肉攤上有賣現成洗淨的豬肚，用的是化學鹼水，清爽是清爽了，但豬肚特殊的香味和美妙的質感也都一併被洗沒了，豬肚內壁上一層薄薄如網油一樣的脂肪也被洗得徹底，煮出來味同嚼蠟。所以豬肚一定要自己洗，不可能請攤主代勞，洗豬肚之煩，就是給他賺十個豬肚的錢，他也未必肯幫你洗一個。

豬肚內外層遍佈黏液、汙物，視覺上、氣味上皆不甚雅觀。將豬肚扔在水槽裡，兩大勺麵粉撒下去，加一些鹽、一勺米醋，開始一寸寸稍微用力揉搓，表面和內層都要這樣處理。寫出來就一句話，實際上這個動作大概需要反覆做上一個小時，中間用常溫水或稍溫的水洗淨，換一次麵粉、鹽、醋，至少重複揉洗一遍。再次沖淨時，要特別注意豬肚的皺褶和兩個出口的地方裡外是否都已清理乾淨，重點部位可以再加麵粉、鹽、醋反覆揉搓。

洗乾淨的豬肚變得十分漂亮，是卡通小豬那種可愛的粉紅色，內層的網油還在，不過已經潔白晶亮。煮一鍋開水，放薑片、蔥結和黃酒，將豬肚燙透。這時候，你可以用力聞一聞豬肚是否已經毫無異味。將豬肚撈出，再次仔細檢查重點部位。豬肚兩個出口中的一個——我也不知它原來通向哪裡——表面會有一層白白的脂肪似的東西，也要將它完全剝除。這樣，豬肚才算徹底料理乾淨，可以進一步加工成你喜歡的各種菜式。

如果今天想做白果豬肚雞，那就將一隻雞洗淨，摘去雞油、斬件，與薑塊、蔥結和一包白胡椒一起，一一填入豬肚中，小的出口用薑塊堵住，大的口用牙籤簽牢。豬肚胖胖的，看起來就已經是很好吃的樣子。鍋中加水，再加一些薑片、黃酒，燜煮三個小時。時間過大半，放入兩把剝好的白果肉。火要小一點，將白果都煮開花了就不好看了。

第一次做豬肚雞，可能談不上正宗，不過煮的時候已經有一廚房的香氣了。將豬肚另外盛出來，用刀一剖開，我們都忍不住歡呼一聲。那種熱騰騰的香在冬日的房間裡竄來竄去，實在很美好。

我認識一個朋友，當年她的男友有嚴重的胃病，因為相信吃什麼補什麼，她就一直翻著花樣做豬肚給他吃。豬肚做菜，不光是清洗麻煩，如果你要炒肚絲、肚片，還需要在事先的烹煮中對豬肚進行必要的調味，並且很講究燒煮的分寸。不知道這個朋友為她的愛人這樣料理了多少個豬肚，但最終他的胃病並沒有因此痊癒，他們也並沒有走到一起。

唏噓嗎？有一點點。不過，我想這也沒有什麼關係。有過這樣深入肺腑的情感，知道自己的軟肋，也有了鎧甲，終究是值得的。

蔥焅河鯽魚

河鯽魚是一年四季都有的魚，它的肉很細，甜津津的。到了蘿蔔也甜津津的冬天，買一兩條河鯽魚，洗淨煎黃了，和蘿蔔絲煲出奶白的一鍋湯，撒一點火腿屑、小蔥花，又廉宜，又好吃。可惜河鯽魚的魚骨細小而密，吃起來有點麻煩。現在淡水魚便宜，肉多刺少的鱖魚也不過二、三十塊一條，鱸魚更是十塊錢就能買到，河鯽魚越發不值錢。

苦夏時三十八度以上的高溫連著十多天。據測，市中心的地表溫度接近七十度，比低溫烹飪的六十度還要高一點。這樣的日子，我喜歡自己熬一點酸梅湯，濃濃地凍在冰箱裡，時不時喝一小盞，驅趕夏日纏綿的倦意，也經常做一些糖醋長豇豆、糖醋排骨、糖醋藕帶、酸辣手撕包菜之類的菜開開胃。

蔥㸆河鯽魚其實是用醋㸆，而且是用大量的醋，但長時間㸆製成菜以後並不是特別酸，又有蔥香、糖和醬油的重重包裹，醋酸味隱藏在魚肉深處，不那麼凌厲，反而有一股綿柔渾厚的味道，這就是㸆這種做法所賦予的獨特魅力。

將一兩多的小河鯽魚洗淨，兩面嫩煎一下。將大量小香蔥洗淨，整根過一下油，待用。在鐵鍋底先鋪一張竹箅子，因為㸆製河鯽魚要放比較多的糖，很容易焦底。在竹箅子上放一些薑片，鋪一排煸過的蔥，將小河鯽魚一條條整齊排放在蔥上，再在魚上面鋪一次蔥。如果做得少的話，這樣就可以了；如果做得多，可以一層層像這樣魚和蔥間隔著擺上去。蔥焐河鯽魚做多做少都是這點時間，越大鍋味道越好，且可久存，不妨一次多做點。

開始調味，先倒一些紹興酒，其實活的淡水魚的腥是泥土腥，糖可以解決這種腥氣，酒主要是增香，我試過換成啤酒，效果也非常理想。加醬油，即使口味淡的人，做這道菜也不能隨便減少醬油，因為蔥焐河鯽魚需要很多的醋，而醋又要有很多的糖去緩和，醬油和糖之間又有一個平衡的關係。如果減少了醬油，這道菜就會變成糖醋口味。

這三樣調料的配比是這道菜成敗的關鍵。有時候我們學一道菜，看起來很快就學會了，拍出照來也挺好看，但是離真正的到位會有很大的距離。這就是我常常說的，一道菜要做得像是很容易的，而要做得準就非常難。蔥焐河鯽魚的味道要做得準，悟性不好的人，需要多次的摸索。

然後我們繼續調味。加糖，糖的量基本和醬油持平。加醋，這時候不要手軟，兩斤河鯽魚的話，至少需要一斤醋，而且最好是在焐製的過程中分前、中、後三次加入。加蓋微火焐製，至少需要三個小時。最後用麻油補後油。冷卻後盛出，澆上收濃的汁水。

大量的醋和長時間的焗製，使河鯽魚充分入味，鮮甜微酸，魚骨已盡酥化。小蔥吸飽了河鯽魚的鮮味，也已經完全不是配菜的角色，甚至比魚本身更搶鏡了。一鍋十數條魚，用個大飯盒裝好，每天揀兩條出來，下飯過老酒，可以快樂好幾天。

三個小時的焗製過程呢，是有點寂寞。不過可以剝剝毛豆，做個冬瓜毛豆番茄湯，還可以擇一些豆芽，炒個榨菜綠豆芽；另一隻火頭呢，做一個苦瓜排骨煲好了。一桌菜也就有葷有素、有魚有肉，紅是紅、綠是綠，四角俱全了。

夏天的午後，天色也是說變就變，眨眼間暴雨和風已經襲來，如豆的雨點激烈地叩打廚房的玻璃窗，彷彿上天也在垂涎我的晚餐。我深深吸一口窗外帶著塵土味的空氣，將窗合攏一些，暑熱並沒有馬上褪去，不過已經與我無關了。

醃篤鮮、雞篤鮮、河篤鮮

醃篤鮮裡的篤，是一個動詞，就是小火慢煮的意思。江南方言裡「煮」這個詞發音發不出聲來，煮就是篤，煮一會兒，就是「篤忒一歇」。醃肉和鮮肉，加上竹筍放在一起篤忒一歇，就是醃篤鮮。

想想也很鮮吧，而且做著也不難，南風肉切塊，五花肉切塊，出一些水，加蔥結、薑片和黃酒小火慢篤。煮至半熟，撈出南風肉，加入切成滾刀塊的竹筍。為什麼要撈出南風肉呢？如果一直煮醃肉，肉就會枯而無味，湯則變得太鹹。至於竹筍，別以為捨得放筍尖就是好，做醃篤鮮的竹筍，要用中段，口感最佳。

有的地方用醃肉和鮮肉篤香萵筍，也蠻好吃，不過不是醃篤鮮。上海本地還有人用醃肉鮮肉篤百葉結呢，當然也好吃，不過也不是醃篤鮮。

醃篤鮮就是要醃肉、鮮肉和竹筍這三種東西的鮮融合在一起，三樣食材都是主角，並形成一種美妙的平衡。這道菜是開春頭道鮮。

也有人冬天沒過完就迫不及待地要吃醃篤鮮，用冬筍替代竹筍。可以嗎？當然也沒什麼不可以。不過冬筍纖維細潔，鮮得雅氣。冬筍是要「軋小道」的，什麼意思呢？就是冬筍不宜和太油膩的食材走在一起，所以冬筍的名菜都是香菇炒雙冬、薺菜冬筍、蝦籽冬筍之類。最經典的雪冬，就是雪菜冬筍，一滴油也不要，雪菜襯出冬筍之味，高風亮節，是很有品格的菜。竹筍不同，竹筍纖維粗得多，喜歡「軋大道」，就一定要和油水足的食材搭配。用竹筍做的名菜有竹筍焐肉、竹筍明蝦、油燜筍，還有就是醃篤鮮。

吃得考究，首先要對食材有基本的認識。顛三倒四地吃，真是可惜了造物主賦予這些食材千姿百態的樣式。

在吃得考究這件事情另一個方向上背道而馳的叫過猶不及，雞篤鮮就是一例。醃篤鮮已經很鮮美了，好事者把鮮肉換成老母雞。老母雞自然比鮮肉鮮得厲害，可是在一鍋湯中首先打破了平衡，南風肉已經頂不住它了，於是把南風肉換成火腿。火腿是味道中的霸王，個性獨特，在任何菜中都要謹慎使用，一旦量過多，別的味道就會被壓制住。你想想，一鍋湯裡老母雞和火腿的味道已經打得不可開交，還會有竹筍的清香存在的餘地嗎？

說到醃篤鮮，就順便說說做菜的道理。

還有一道好吃的菜叫河篤鮮。微博上有北方的粉絲問我，醃篤鮮和河篤鮮是不是差不多的菜啊？哈哈，菜名中三個字倒有兩個是一樣的，大概是有點容易混淆，不過醃篤鮮和河篤鮮是八竿子打不著的兩道菜。

河鯽魚兩條，洗淨煎黃，加蔥、薑、紹酒和一些白胡椒粒煲出奶湯，河蝦、蛤蜊分別用少油爆一爆，加入奶湯中。有人喜歡加兩隻六月黃（童子蟹），我覺得蟹殼蟹肺中泥土氣重，湯裡帶不掉腥氣，故不取。如果有田雞，剝皮爆一下加幾隻在湯裡倒是極好的。

一鍋篤出來的湯，鮮掉眉毛。

醬爆豬肝

普通的小菜市場不是沒有好食材，要看你會不會挑，家母就常常能在看似平常的海鮮攤上挑到好貨。比如沙鰻，細細的身材，雖然賣相和一般肥壯的海鰻不能比，但是肉質幼嫩，鮮味細膩。又比如顏色泛紅的「小娘蟹」，放在大大的青灰色的梭子蟹旁邊真是不起眼，但身體厚實、蟹黃飽滿，用來做寧波鹹蟹是最佳之選。

食材優先。有好的食材，一道菜已經成功一半。有人說，能把很差的食材也做到好吃才是本事啊。那是《武林外傳》裡的「奇葩」李大嘴所言，不足為證。

想吃豬肝，但估計目前買不到豬下水。去幾個攤子上轉轉，居然看到一塊黃沙豬肝。黃沙豬肝長得就跟普通豬肝差別很大，顏色是那種生肉的粉紅帶一些土黃色。黃沙豬肝口感粉嫩，只要手藝不太差，爆炒、啫啫*、鹽水都很好吃。

一般挑豬肝，顏色太深帶點青色的是劣貨，要麼是豬年齡比較大了，要麼肝裡面有淤血。切片清洗的時候就會非常明顯，豬肝的血水很多，怎麼洗也洗不淨，基本就是比較老的豬肝了。而黃沙豬肝就很乾淨，沖洗兩、三遍，就不太有血水了。

還有一種豬肝顏色暗紅，其中帶一層黑亮，這是檀香豬肝。豬肝當然不會有檀香味，這名字指的就是豬肝的顏色。檀香豬肝味濃，醬爆、滷水最佳。和黃沙豬肝一樣，這些都是可遇不可求的，看到可別走了寶。

豬肝切片，清水淘洗至豬肝發白，血水基本不再有為止。徹底瀝乾水，加黃酒、薑片，再加幾滴醬油，這時醬油不能多，主要是初步的上色和著味。加少許澱粉，也不能多，澱粉一多炒出來糊塌塌沒賣相。京蔥切片備用。起油鍋，七八分熱時，下豬肝快速滑炒，感覺豬肝略微收緊即刻盛出。另起油鍋，八、九分火候，煸香一些醬；如果不用醬，用老抽也可以，普通的醬油也可以，不管用什麼，都是要煸出醬油裡的水分，加一些糖提出香味，加入豬肝片和京蔥翻炒個十下八下就好。

醬爆豬肝對火候的要求非常高，說是翻炒十下八下，動作慢一點和快一點，出來的效果就會差好多，再加上鍋子的厚薄、火頭的大小，都會直接影響到一盤醬爆豬肝的品質。還是要靠自己不斷摸索。聽大廚鄧華東先生說，川菜裡有一道蔥末豬肝，以前是考試菜，也是川菜大師多寶道人張淮俊的拿手菜。家常菜中見真章，這是一例。

以前講究的廚師做爆豬肝、爆雙脆這類非常考火候的菜，會計算廚房至餐桌的距離，將菜肴裝盆後端上桌的時間也會考慮進去，因為熱量仍然在持續逼熟食材的內部。為什麼「主廚的餐桌」好吃呢，也是這個道理：出鍋到上桌零距離，溫度拿捏不差分毫。

得到好的食材做給哥哥一個人吃的時候，就讓他坐在廚房灶台邊上，出一道吃一道。我自然沒本事將火候把握得那麼準，無非一熱遮三醜，中國的家常熱炒，一冷還吃個什麼勁啊。

*啫啫：粵菜獨有的一種烹調方式。利用砂鍋的熱能把肉類煨熟，中途不加水，靠肉本身的肉汁揮發出蒸汽來煨熟材料。

蝦醬五花腩

江獻珠出身廣州美食世家，是晚清廣東翰林江孔殷的孫女，她在一本寫食的回憶錄中提到了一種叫禮雲子的東西。禮雲子是蟛蜞（小型淡水蟹）的卵。蟛蜞腹中孕卵的時候，兩隻前鼇合抱，一步一叩首，如古人行禮作揖，因此被諡稱「禮雲」，蟛蜞的蟹黃也就被稱為禮雲子。

這是個讓人印象深刻的名字，看過一遍，念念不忘。機緣巧合，有朋自遠方來，在著名的粵菜館設宴，潤腸、馬友魚、蝦、蠔，甚至用來做煲仔飯，磨去了外層的大米等一應食材，都是他自己當天從番禺帶來的，其中就有禮雲子一味。那天做的是禮雲子蒸五花腩，五花腩片出寬大的薄片，排在盤中，鋪上薄薄一層禮雲子上籠蒸。蒸熟的禮雲子是嬌豔的紅色，襯著亮晶晶五花腩肉的油香，夾起一大片入口，咀嚼中，有一種爆破式、充滿穿透力的鮮味。回味，也像爆炸後的蘑菇雲，在味蕾上層層彌漫。後來的菜，縱然廚師使出渾身解數，也已經食之無味了。

那種鮮味真令人懷念。上海人吃東西，講究一個「鮮」字，雞有雞的鮮，魚有魚的鮮，大閘蟹的鮮又不一樣。北方的雜誌記者採訪，問：「是越新鮮的東西越鮮嗎？」我說：「不一定啊，醃製、風乾之類的食物也會很鮮。」又問：「只有葷菜才有鮮味嗎？」我說：「也不是啊，筍有筍的鮮，豆有豆的鮮。乳酪也鮮，西餐食物中乳酪和番茄是鮮味的主要來源。」鮮這個味道不在通常所說的五味之內，每種食物的鮮又不一樣，同一種食物，鮮味的表現也不一樣，實難言傳。英文中用umami對應「鮮」這個字，不知有幾個老外真正明白。上海人說一樣東西「不鮮」，就幾近於說這樣東西沒味道、不好吃。

可惜蟛蜞產卵的時間極短，只是驚蟄到春分二十天不到的樣子，而禮雲子的採集又極煩，十斤蟛蜞才能採集到二～三兩的禮雲子，且只能當天食用，無法保存，不是一般口福的人能享用的東西。

有朋友告訴我，可以試試用蝦醬代替禮雲子啊。蝦醬的鮮味較之禮雲子，當然不可同日而語，蝦醬鹹鮮粗獷，禮雲子的鮮柔膩華貴，嘗過禮雲子，你可不得不承認食物也是有品格高下之分的。不過蝦醬和五花腩也是絕配，家常吃吃，足夠好。

我吃過最好的蝦醬，是台州出產的一種用海幼蝦發酵而成的，鮮味比較豐滿、細膩，不過度成熟，比其他地方出產的蜢蝦醬好，顏色也更漂亮。

五花腩片是兩毫米厚的大片，用少量水澱粉漿一漿，蝦醬加少量薑汁、少量糖，均勻塗抹在肉片上，醃製半小時，上籠急火蒸熟即可。吃剩的湯汁可別扔掉，敲兩個蛋下去再蒸一蒸，又可下一碗米飯。蝦醬五花腩還可以煎著吃，五花腩片得稍微厚一點，不用上漿，直接往蝦醬裡加薑、糖醃製一個小時左右，鐵鍋燒熱，轉小火，五花腩整片鋪在鐵鍋底，二十秒鐘立刻翻面，離火烙十秒鐘即可出鍋。

因為加了一點糖，煎過的五花腩表面微焦，蝦醬和豬肉脂香混合，十分誘人，下飯自不必說，下酒更佳。這個菜要熱吃，候在鍋子邊上最好。朋友來吃飯，最後他們聊天，我就在廚房三片五片那樣熱熱地煎出來給大家助興。

愛吃的人，不知道江獻珠、江孔殷恐怕說不過去。網上查一查就有很多資料，有說江孔殷是美食大家、私房菜鼻祖，都對，只未免太籠統。江家美食的傳奇，以及在歷史中的流離與沉浮，像味道裡的一個「鮮」字，不是那麼容易說得清楚的。

廣州南園酒家門前，有一副江太史寫的對聯：「立殘楊柳風前，十里鞭絲，流水是車龍是馬；望斷琉璃格子，三更燈火，美人如玉劍如虹。」令人不勝唏噓。

菜蕻鯊魚

一看這個菜名，大概馬上就會有動物保護主義者提出抗議：「鯊魚是保護動物呀，如何吃得？」又一定有好學不倦的美食愛好者跑出來問：「菜蕻是什麼東西？」都別著急，聽我一一道來。

先說鯊魚。籠統地說，鯊魚是一群板鰓類魚的通稱。海洋中現在已知的鯊魚種類，起碼有三百多種。人們所吃的魚翅，就是鯊魚的魚鰭加工而成的。不是所有鯊魚的魚鰭都能加工成為魚翅，但此菜中用到的小型虎鯊的魚鰭就能食用。小型虎鯊身量尺餘長、四五斤重，南方沿海一帶的菜市場就有得賣，並不是什麼稀罕之物，更非保護類動物，所以大可不必談「鯊」色變。此鯊魚和彼鯊魚的差別，大概等於揚州獅子頭之比非洲獅子頭。

菜蕻，指菜的嫩莖。菜譜裡用的是青菜蕻，其實是指越冬小油菜頂端的兩、三節嫩莖，這種菜曬乾了叫作菜蕻乾，寧波人用來沖湯吃，色綠如濃蔭，清香可口，如果用黃芽菜替代，甘甜軟糯，也非常適合。

鯊魚鯊魚，魚皮上真的有一層沙粒，所以第一步要褪沙。將鯊魚在九十度的水中泡一下，不能用沸水，否則容易弄破魚皮，沙子就會進到魚肉裡，再也洗不乾淨。小鯊魚都是整條買，也是這個原因。用一塊毛巾，力道適度地來回擦去魚身表面的沙粒。這是個功夫活兒，實在不會，只可請魚攤主代勞。

取鯊魚身中部的厚肉，切成長一寸、寬八分、厚五分的魚塊，在沸水中汆一下，撈出洗淨待用。將黃芽菜切成寬寬的段，冬筍切片焯熟。

起油鍋，必須用豬油，將黃芽菜和筍片翻炒片刻，加入肉湯、生薑片燒沸，倒入鯊魚塊，加紹興酒、鹽調味。其間挑出生薑片，以免當作筍片誤食，很倒胃口。燒煮二～三分鐘，即可淋熟豬油出鍋。

菜譜上寫著此菜要跟一碟醋，蘸醋食用其味更鮮美。我同意醋不能少，但做法稍異，是在出鍋前用加了糖醋的芡粉調汁勾芡的，這個芡汁要以醋的酸味為主，一點甜味只起提鮮和平衡的作用，要掌握好分寸。芡汁不厚不薄，裹住鯊魚塊，更加鮮糯入味。勾芡再燒煮的方法，寧波人叫「爊羹」，因此這個菜也叫「鯊魚爊羹」。小虎鯊的魚肉雖然略有點粗糙，吃起來倒是有別具一格的口感，唯其鮮味十分出挑，配合黃芽菜的軟糯、筍片的清脆，包裹在酸甜芡汁中，用來拌飯，一流！

炒鰻羴絲

愛煞這種寧式小炒，下酒，滋味悠長；下飯，飯可真要遭殃了。

過年的時候，上海人的天井屋簷下，晾著的鹹肉、火腿、風雞旁，一定會有一條鰻鯗。整條鰻魚從背部剖開，用一支支竹筷撐開魚身，極有氣勢。不過那種比成人身高還要長的鰻鯗反而不正宗，上海人喜歡的，是東海的青鰻，最多也就半人長短，魚皮在冬日的陽光下藍光閃閃，魚肉牙白色。東海青鰻製成鰻鯗，蒸出來的魚肉一片片的，非常有彈性。鰻魚本來就鮮，製成魚鯗鮮味越發濃縮，加蔥、薑、料酒清蒸，趁熱用手撕成小塊，是過年必備的冷盤。

一條鰻鯗都做清蒸，終究有點乏味。鰻鯗切塊，和五花肉同焐，魚和肉兩種鮮香交融，亦極美。或者鰻鯗醃得稍微淡一點，不加五花肉，只將鰻鯗切塊紅燒，也非常好吃，不用擔心鰻鯗加了醬油會太鹹，只要加入足夠的糖，就可達到味道的完美平衡，並充分吊出東海鰻魚的鮮甜。

舟山地區還有個傳統的吃法，就是炒鰻鯗絲。豬肉、韭黃、熟竹筍、水發香菇、大白菜芯，均切絲備用，豬肉絲炒熟。主料淡鰻鯗，就是指醃製時間不是很長、口味偏淡的鰻鯗。整塊淡鰻鯗上籠旺火蒸三分鐘，使其回軟，再切成兩寸左右的絲，浸入冷水中充分濕潤。

將一兩熟豬油在旺火上燒至六成熱，放入白菜絲煸炒一下。下鰻鯗絲，帶一些浸鰻鯗的水，下肉絲同炒，隨即放入酒、糖、薑末和鹽，再下筍絲、香菇絲，煮沸一兩分鐘後，淋少許醬油。韭黃易出水，要最後加入。濕澱粉調稀勾芡，再補一兩左右熟豬油，起鍋裝盤，趁熱淋上麻油。

這些食材，隨便拈兩樣放在一起炒，都是好小菜，更何況共冶一爐。豬肉的穩妥、白菜的平實、竹筍獨一無二的口感、香菇和韭黃充滿個性的味道，每一種都沾上了鰻鯗鮮明的幹香，又有豬油、麻油加持，寧波人稱為「壓飯榔頭」，所言不虛。

炒淡鰻鯗並非什麼上檯面的大菜，但也須細切細做，精美可口，作為家常小菜，實在不該失傳。

淡菜嵌肉

淡菜是江浙一帶人對貽貝的叫法，因曝乾時不須加鹽，故得名。北方叫海虹，南方叫青口。歐洲也有這種貽貝，長得比較肥大，味道稍淡，用奶油白汁焗熟了吃，美味至極。貽貝雅號「東海夫人」，可見東海所產品質最佳。淡菜在浙江沿海產量很大，對於海產品極其豐富的東海來說，淡菜屬於不起眼的小角色，價格也極廉。淡菜肉曬乾，呈黃褐色，小棗子那樣的一粒，每一粒都如同濃縮的天然鮮味小炸彈，取十數粒用黃酒、薑片發開，夏天燒冬瓜湯，冬天燒蘿蔔湯，簡單好味。

淡菜在臨海地方也有一種非常繁複考究的做法，是很有代表性的粗菜細作一例，就是老菜譜中的淡菜嵌肉。

先將淡菜洗淨，放入大碗中，加入開水燙開口，浸半小時左右，等於低溫氽水，可去掉海貨的腥氣，但不會減少淡菜的鮮味。加蔥、薑、黃酒，上籠旺火隔水蒸一個小時。

將肥三瘦七的豬肉剁成末，加少許鹽、黃酒調味，少量芡粉起漿，逐個嵌入已經非常軟熟的淡菜之中。嵌了肉的淡菜排在大盤中，上面鋪上與淡菜大小匹配的冬筍滾刀塊，上籠旺火蒸十分鐘左右，至有汁水滲出為止。

再將火腿片、肥厚香菇排在碗底，蒸好的淡菜和冬筍置於其上，倒入淡菜嵌肉蒸出的原湯，覆上籠大火蒸五分鐘。

如是反覆蒸煮三次：第一次是為讓淡菜軟熟；第二次是讓淡菜與肉味融合，並加入冬筍的清鮮；第三次是進一步提鮮、增色。可是老菜譜上居然還有一段：「將雞湯燒沸，加味精一分、鹽五分，澆入盤內，淋上熟雞油，放蔥末二分即成。」看至此，我不禁啞然失笑。淡菜本身鮮美，加上豬肉鮮香肥美更添三分，又有山珍、火腿助力，早已經鮮得掉眉毛，哪裡還需要再加雞湯、雞油！而且鮮味太雜，反為不美，故將最後一步省掉。裝盤上桌，趕緊添一碗飯、篩一壺酒是正經。

淡菜的口感本身並不十分細嫩，所以在貝類中也算不得上品，但是淡菜經過久蒸，又嵌入豬肉，脂肪使淡菜的肉質更加滋潤，是很有想像力的設計。我認為火腿、香菇的味道都比較搶鏡，適量提味即可，多了反而會影響淡菜拙樸的味道。老菜譜中寫明火腿八錢、香菇三錢，幾乎都是用來擺盤做顏色的，這樣的考慮非常有道理。

走油肉

家裡人少，年夜飯要吃得熱鬧又豐盛，點個暖鍋是幾近完美的解決方案，擦得紅亮的紫銅鍋子燒起精炭，各種生熟食材切配碼放整齊，注入高湯，或者只是蔥薑水。將暖鍋燒開後，讓它多滾一會兒，爆魚的甜甜的汁水融到湯裡，筍片熟了，蛋餃香了，魚圓漲得有乒乓球那麼大，魷魚捲起來像一枝枝成熟的麥穗子。屋子裡一下子熱起來，酒過兩巡，窗上已經結滿了水汽。

那年過年在杭州又吃了一次暖鍋，裡面金銀元寶、肉皮、明蝦、豬肚、腰花、冬筍、冬菇、火腿、白斬雞，花團錦簇，十分豪華。杭州的暖鍋叫全家福，是年節的傳統菜。最早的暖鍋，不過是用做年菜剩下的葷素食材邊角料共冶一爐而成的，經演變越發考究，鮑魚、海參、翅子都入了暖鍋，也不稀奇。其實，暖鍋只要葷素食材搭配妥當，豐儉隨意，怎麼做都好吃。但我吃暖鍋，如果裡面沒有厚厚的幾大片走油肉，終覺若有所失。

做走油肉要事先和肉攤預訂，兩精三肥、帶骨連皮的五花肉，切成大塊的正方形，而不是通常的條狀。五花肉整塊加水，加黃酒、蔥、薑煮至七、八分熟。這個分寸很難掌握，也是走油肉成敗的最關鍵步驟。因為每人的所謂七、八分，標準並不一樣。還有個可以參照的指標，就是看五花肉最上層的骨頭，兩頭已經煮得充分露出來了，就是恰當的火候。將肉塊撈出晾涼，收乾表面水分。起油鍋，油至九分熱，肉皮朝下，下五花肉塊。這時，肉塊中的水分受高熱炸開來，油花彈射，發出劇烈的爆響。即使馬上蓋上蓋子，也會聽到鍋子裡像藏了一挺機關槍那樣驚天動地的響動。始終保持中火，且要適時翻面。所以每做一次走油肉，廚娘的兩隻手上一定少不了無數被濺出的熱油燙傷留下的斑點。

其實，走油肉走油的過程已經在燒煮中基本完成，油炸是為了封住肉中的水分，便於貯藏而不乾枯，且增香定形。待肉皮炸至產生充足氣泡，肉塊收縮成形，表面微微焦黃時即可盛出，然後浸入冷水中，肉皮就會漲開。我是用剛才煮肉的冷的肉湯浸，味道更好。

每次做走油肉，我都會想起最疼愛我的好媽媽（一位阿姨）。以往每年過年，連家母都視為畏途的走油肉，總是由好媽媽親手做給我吃。好媽媽做的走油肉，肉選得漂亮，夾精夾肥、勻稱正宗，做出來的走油肉精肉表面焦香，內裡不枯不柴，油肉酥化而不散，肉皮炸得均勻蓬鬆，能在後續的製作中吸飽湯汁。精肉、肥肉、肉皮一層層，眼看著像要酥散，但就是那麼顫巍巍地相連，精到分寸，懸於一線。走油肉的吃法，首選切成厚實大片，下在暖鍋裡，會散發一種難以描述的肉香，登時把其他食材都比下去。簡單點，墊了冬筍片、黃芽菜用雞湯煨，或者加醬油和冰糖燜紅燒走油肉，是下米飯的「黑白雙煞」。

去好媽媽家吃飯，只要有這一味，我一定不會動別的菜，把全部的胃口都留給走油肉。好媽媽呢，笑眯眯地坐在我旁邊，看著我吃一塊雞湯煨的，又搛一塊紅燒的，如此迴圈不已，又把原本已經放在我面前的兩大碗走油肉往我碗筷近處推一推，直到我再也不肯添飯的時候，便轉身進廚房，拿報紙另包上幾塊走油肉給我帶回家做暖鍋吃。

菜市場的熟食檔一年四季都有現成的走油肉賣，但肉選得不夠好，總是炸過頭，而且有陳油那種令人不快的油耗氣，我不喜歡。現在輪到我每年為家人準備暖鍋裡的走油肉，但我遠沒有好媽媽做得那麼好，有時肉皮蓬鬆，有時不，相信很少有人比得上她老人家的手藝。

手上燙起的水泡留下深褐色的小瘢痕，三、五天也就褪去了，我並不介意。還記得王爾德《自私的巨人》結尾處的對話嗎？

「是誰竟敢傷害你？……」

「哦，不，那是愛的傷痕。」

豬油菜飯

江南黃梅的時候，即使不下雨，一整條弄堂的地面也還是潮濕的。濕潤的風緩緩吹著，終於看見中間一條泛出水泥青白的顏色。牆根下、磚縫處，苔蘚越發鮮濃，它們才是這裡永久的主人。燒飯的時間到了，一整排廚房的北窗裡傳出肉湯味、香菇那種容易辨認的味道、油爆蒜頭的香、熟了的飯香，通通迎向你，不管你是不是那歸人。

視窗裡飄出的味道，也為主婦們的晚餐功能表提供具體而實用的參考。規劃每天的飯食，是十分傷腦筋的一件事。問家裡人吃什麼，回答總是「隨便」或者是「簡單點」。要知道，市場裡並沒有一樣叫作「隨便」的東西。而即使晚飯是一桌基本的三菜一湯，要做得好吃，也不會很簡單。

有時，聞到別人家廚房煎帶魚的味道，心裡想，天涼了，開海了喲，熱氣帶魚煎一煎是多麼好吃，明天自己家也做一點吧。有時哪家的窗下砧板篤篤篤地響，便揣測她是要做一道精緻的蟹粉獅子頭，還是只是一道家常的肉餅子燉蛋。這麼聞著，聽著，一桌菜便有了著落。

去市場的路上，觀賞別人手裡的菜籃子，也可以獲得不少靈感。北京的朋友陪我買菜，指給我看前面一個女人拎著的一個透明塑膠袋，問為什麼雞蛋是打開了裝在袋子裡賣。我告訴她，這是蛋攤上本來就碰碎了的雞蛋，幾個一起打在塑膠袋裡，低價賣給節儉的顧客。我想她可能生計有點艱難，但仍與同伴說笑，十分開朗的樣子。她會用這一袋碎雞蛋給家人做一道什麼菜呢？噴香的韭菜炒蛋，下飯的菜脯蛋，還是燉一大碗孩子們喜歡的蛤蜊蛋羹？

瘦削的阿婆拎著一大袋香萵筍葉子，另一個籃子裡躺著一塊豆腐和幾隻巨大的河蚌。這幾樣看在我眼裡，分明已經是現成的一桌晚飯。上海人喜歡燒菜飯，冬天用霜打過的青菜做，夏天用捲心菜，春天就可以用香萵筍的葉子。平常吃香萵筍，葉子都是扔掉的，可這葉子有股特殊的清香，微苦，做在菜飯裡特別有風味。一大鍋菜飯需要的香萵筍葉，要吃好多香萵筍才能湊夠，所以一般都會像這個阿婆一樣，去菜攤上討一點萵筍葉，小販會很樂意送你做個人情。

帶肥肉的鮮肉丁和鹹肉丁用紹酒稍微醃製一會兒，和淘洗乾淨的米拌勻，並加一點鹽調味。加的水要比平時稍微少一點，然後用電飯煲開始煮飯。香萵筍葉子洗淨，徹底瀝乾水，選中間層的最好，切成半指寬的細條。用豬油起油鍋，中火下萵筍葉翻炒一下，盛出待用。等電飯煲從「煮飯」跳至「保溫」，打開鍋蓋，將米飯撥鬆，加入炒過的萵筍葉攪撥均勻，動作要快，並小心不要將菜滲出的水分都加入米飯中，這樣再燜十五分鐘。

菜飯的訣竅在於加水的時候，要將後面菜中的水分考慮進去，所以水量要酌減；炒菜的時候是不能加鹽調味的，之前調味的時候就要將後加的菜量考慮進去，所以鹽味要酌加。有人喜歡最後再拌一些豬油進去，我覺得豬油的味道會很突兀，不喜。肥肉丁稍微多放一些，已經足夠好吃了。

燜飯的時間裡，你可以做湯。一鍋好的豬油菜飯，是值得為它配一碗好湯的。我家冬天吃菜飯，會搭配黃豆豬腳湯。在街頭巷尾每一個賣豬油菜飯的小黑板上，你都可以看到這個經典的搭配。有些食物組合真像天仙配，三生石上一早刻好了似的，拆也拆不散。夏天的時候，我家的豬油菜飯也會跟著時令搭配芋艿鴨湯，但我覺得路遇的阿婆用河蚌和豆腐做的湯最妙。豬油菜飯有肉有菜夠香，是一個人撐起一台戲的絕對主角。河蚌肉老，沒什麼吃頭，勝在味鮮，鮮味跑進豆腐裡，再加一小撮胡椒粉提味，這種簡潔的風格才是豬油菜飯的知己，湯裡太有料，反而搶戲。

深夜讀書，從洞開的窗子傳來一陣菜肴的香味，是一下子就能分辨的韭菜炒雞蛋啊。這深更半夜的，怎麼有人做這一道來吃呢？實在是奇趣的事情。我被這味道勾起了饞蟲，趕忙用剩的菜飯添一些新鮮菜葉，煮一碗豬油菜泡飯做宵夜，並且思忖著第二天也做一道噴香的韭菜炒雞蛋吧。

生煎蝦餅

之前沒吃過生煎蝦餅這道菜，但看過梁實秋先生的《水晶蝦餅》一文，才知它們基本是一樣的菜，梁先生一支妙筆，將水晶蝦餅的美味和吃喝趣事寫得活靈活現，如臨其境，有空可以去找來一讀。《中國菜譜》叢書編撰於二十世紀七〇年代，帶有奢侈享樂性質的菜名一概不許用，比如廣東名菜龍虎鬥，就只能換作「豹狸燴三蛇」這個名字。水晶蝦餅變成生煎蝦餅，無趣得很。

不管怎麼叫，菜還是道好菜。生煎，對蝦仁的品質和新鮮度要求很高，江南活河蝦不稀奇，一般主婦也能處理得又快又好。河蝦仁要做得雪白，就要將蝦仁表面一層粉紅色的皮去掉。方法也很簡單，將剝好的蝦仁在清水中用筷子快速攪拌，就能褪去紅衣。菜譜中蝦仁菜多有「洗淨」這一步驟，並不是指簡單的沖洗，而是指這個去衣的過程。

漿蝦仁，是將洗淨的蝦仁放在缽中，加精鹽、蛋清，用竹筷順同一方向攪拌至有黏性，最後加入適量濕澱粉，放置兩至三小時，使之漲發即成。漿蝦仁口感更嫩，蓬鬆有彈性。然後將漿蝦仁剁成綠豆大的粒，和揚州獅子頭的製作原理一樣，重點是細切粗斬。梁先生的文章中也特別關照「不要碎成泥」。豬肥膘倒是要剁成末，比漿蝦仁細一點。荸薺的處理方法又不同，將荸薺去皮，用刀背拍碎，再剁成末。你看，三種食材前期處理上就那麼多講究，如果偷懶，都用時髦的食物料理機打碎，出來的一定不是同一樣東西。傳統往往就是在細節中被湮滅的。

將上述三樣食材放入缽中，再加蛋清，鹽、味精、蔥、酒少許，攪拌起黏勁，加入濕澱粉拌勻。將豆苗焯水待用。

炒鍋微火燒熱，滑油，下豬油燒至二成熱，將拌勻的蝦肉擠成丸子下鍋排齊，用炒勺一一壓成餅，煎約十五秒翻面，再用炒勺壓一壓，加豬油煎十五秒，複下較多豬油，煎一分鐘使蝦餅內外熟透。因為蝦餅成菜時顏色潔白才好看，所以油溫始終不能很高，煎制時要不停地轉動炒鍋，以免煎焦，並且一定要用豬油，用菜籽油顏色發黃，香味也勢必大減。

蝦餅出鍋，圍以豆苗。蝦餅酥鬆油潤，香鮮無比，雪白的蝦餅配上碧綠的豆苗，色面極佳。這樣的菜，現在沒人肯做，大概很大原因還是因為覺得高蛋白又太油，似乎不太健康。其實蝦餅中加荸薺就是一個平衡，圍邊的豆苗也只是焯水，偶爾做做，吃上一小塊有什麼打緊？真心話：好吃的東西不一定不健康，不健康的東西好像都很好吃。

有風吹過廚房

作者‖食家飯
主編‖林憶純
責任編輯‖林謹瓊
美術設計‖李佳隆
行銷企劃‖王聖惠
第五編輯部總監‖梁芳春
發行人‖趙政岷
出版者‖時報文化出版企業股份有限公司
地址‖一〇八〇三台北市和平西路三段二四〇號七樓
發行專線‖（〇二）二三〇六—六八四二
讀者服務專線‖〇八〇〇—二三一—七〇五、（〇二）二三〇四—七一〇三
讀者服務傳真‖（〇二）二三〇四—六八五八
郵撥‖一九三四四七二四時報文化出版公司
信箱‖台北郵政七九～九九信箱
時報悅讀網‖www.readingtimes.com.tw
電子郵箱‖history@readingtimes.com.tw
法律顧問‖理律法律事務所
陳長文律師、李念祖律師
初版一刷‖二〇一七年十一月
贊助廠商‖香料大帝國 Spice Land

國家圖書館出版品預行編目資料

有風吹過廚房
食家飯著｜一初版｜一臺北市｜
時報文化出版｜民107.11
236面；14.8*21公分

ISBN 978-957-13-7148-1(平裝)

855　　106016348

時報文化出版公司成立於一九七五年，
並於一九九九年股票上櫃公開發行，
於二〇〇八年脫離中時集團非屬旺中，
以「尊重智慧與創意的文化事業」為信念。

Original Title: 有風吹過廚房 By 食家飯
由聯合讀創（北京）文化傳媒有限公司授權出版